Luft und Liebe

Anne Weber
Luft und Liebe

Matthes & Seitz Berlin

Für Dov

1

Das letzte Wort ist geschrieben, das Manuskript fertig. Ich hatte darin so tun wollen, als sei das alles nicht mir, sondern einer anderen widerfahren, einer engen Freundin etwa, deren Mißgeschick ich aus nächster Nähe miterlebt und also hätte erzählen können, guter Gott, wie hat die Ärmste sich da nur hineinmanövriert; na, mir jedenfalls wäre das nicht passiert. Verschiebungen dieser Art gelingen noch den plumpesten Romanciers, aus ich mach sie, aus dick mach dünn, aus blond mach schwarz. Und ausgerechnet ich sollte diese dumme, diese idiotische, diese grauenhafte Geschichte nicht glaubhaft einer anderen in die Schuhe schieben können?

Ich habe es versucht, habe die ganze Geschichte unter falschem Namen aufgeschrieben und am Ende feststellen müssen: Tatsächlich, nein, ich kann es nicht.

Es sollte eine Liebesgeschichte werden, und damit niemand auf die Idee käme, die Geschichte sei womöglich mir selbst widerfahren – bin ich nicht viel zu schamhaft, um in aller Öffentlichkeit mein Liebesleben auszuplaudern? –, habe ich damit angefangen, mich Léa zu nennen und katholisch zu taufen und mir die französische Staatsangehörigkeit und eine russische Mutter anzudichten. Léa sah natürlich anders aus als ich, sie war um einen halben Kopf kleiner, dunkelblond und in jedem Sinne blauäugig, während ich es nur in einem Sinne, und auch das nur manchmal bin. Die Geschichte meines Romans oder was es werden sollte spielte zu einem Teil in Paris, was aber noch lange nicht heißen mußte, daß sie mir selbst zugestoßen war, denn ich lebe zwar in dieser Stadt, aber außer mir sind immerhin noch mehrere Millionen anderer liebesgeschichtenfähiger Menschen dort angesiedelt – warum nicht eine Léa?

In dem Romanmanuskript, dem ich den Titel *Armer Ritter* gegeben hatte und das in fertigem Zustand ebenso imposant wie unbrauchbar ist, trat auch die männliche Hauptfigur unter einem falschen Namen auf, und zwar unter dem seltenen französischen Vornamen Enguerrand, der die Renaissance nur in wenigen adligen Familien überlebt und es zuletzt noch in ein mißratenes Manuskript geschafft hat. Statt an dem Ort, wo sein lebendiges Vorbild lebt und über dessen tatsächliche Lage ich leider auch in diesem Remake keine Auskunft geben kann, war Enguerrand in der Normandie zu Hause, in einem völlig isolierten Haus oder vielmehr Schloß, ja, Schloß, mitten im Wald. So weit war ich immerhin gediehen mit meinem Romancier-Einmaleins, daß ich es einem amerikanischen Milliardär nachtun und ein Schloß Stein für Stein abbauen und vom Burgund oder von der Marne an den Hudson oder auch nur in die Normandie transportieren konnte.

Mich selbst hatte ich zu Léas bester Freundin gemacht, ich spielte eine schon lange in Paris lebende Schriftstellerin, die bald gerührt, bald bestürzt und empört das Liebesglück und -leid ihrer Gefährtin aus nächster Nähe miterlebte und kommentierte, eine Verdoppelung meiner selbst, von der ich mir nicht nur eine zusätzliche Tarnkappe, sondern auch die zum Erzählen unerläßliche Distanz versprach.

Im Schutz meiner zwar rudimentären, aber, wie ich hoffte, doch einigermaßen glaubwürdigen Fiktion erzählte ich munter drauflos, so munter jedenfalls, wie unter den gegebenen Umständen, von denen noch zu lesen sein wird, möglich, bis das Manuskript vollendet war.

Dann warf ich es in den Papierkorb.

2

Und jetzt also alles noch einmal von vorn. Die Geschichte, die ich erlebt hatte und erzählen wollte, war wie geschaffen für einen schlechten Roman, und so hatte ich ihr denn den Gefallen getan und den schlechten Roman, nach dem sie verlangte, auch geschrieben. Damit ist es aber auch genug. Gib dich zufrieden, Geschichte! Es reicht, daß ich dieses seichte Gedusel für dich verfaßt habe, du wirst einsehen, daß ich es nicht auch noch veröffentlichen kann. Ich fange noch einmal von vorne an, und diesmal wird es nach meinem eigenen Willen gehen.

Nehmen wir die Figur der Léa, die mir trotz der Verkleidung, mit der ich sie ausstaffiert hatte, viel zu sehr glich. Was sollte ich mit einer Romanfigur anfangen, die, von der Haarfarbe abgesehen, beinahe mehr Ähnlichkeit mit mir hatte als ich selbst? Natürlich hatte ich Léa hin und wieder ein wenig anders handeln lassen, als ich es in der gleichen Situation getan hatte, und ich hatte sie nicht etwa im 2. Arrondissement, wo meine Wohnung liegt, sondern nahe der Porte de Clichy, also am anderen Ende der Stadt,

Rue des épinettes einquartiert. Aber wen hoffte ich mit solch durchsichtigen Finten hinters Licht zu führen?

Es tut mir leid, aber ich kann dich nicht gebrauchen, jedenfalls nicht so, wie ich dich aus meiner eigenen Rippe geschaffen hatte, sage ich heute zu Léa, die mit dem Manuskript im Papierkorb gelandet ist. Von nun an sage und schreibe ich ich. Und ich ahne, wobei ich mich natürlich auch diesmal wieder irren kann, daß dieses nagelneue Ich mir am Ende unähnlicher sein wird als jene ausgedachte Léa, die mir auf den Leib geschrieben war oder die ich mir vom Leib geschrieben hatte.

3

Die Geschichte stand unter dem Zeichen des Großen Totenansagers. Der Große Totenansager oder Blaps mortisaga ist ein dicker schwarzer Käfer, den ich an einem frühen Wintermorgen in meiner Küche auf dem Boden fand, wo er, wie Kafka auf dem Rücken liegend, langsam, wahrscheinlich schon am Ende seiner Kräfte, in Zeitlupe mit den Beinen strampelte. Diesen Käfer, der mich noch lange nach jenem Morgen in Angst und Schrecken versetzte, schnippte ich aus meiner Küche in den entstehenden Roman und meiner Léa vor die Nase, die, noch benommen und mit schlafverklebten Augen, durch das milchigtrübe Dämmerlicht ihrer Wohnung tappt. Den dunklen Fleck vor dem Bücherregal hält sie zunächst für einen kleinen Gegenstand, einen heruntergefallenen Weinkorken etwa oder einen Staubknäuel. Statt nun ein leeres Konservenglas über das Insekt zu stülpen, ein Blatt Papier unter das Glas zu schieben und anschließend den Käfer zum Fenster hinauszubefördern, öffnet sie den Küchenschrank auf der Suche nach einem Insektenspray, das sie zu besitzen glaubt.

Da sie keines findet, nimmt sie die erstbeste Dose, ein Imprägnierspray für Wildlederschuhe, und besprüht damit das wehrlos auf dem Rücken liegende Tier, was aber keineswegs dessen Tod, sondern nur ein beschleunigtes, verzweifelteres Strampeln mit den Beinen zur Folge hat. Ihre Abscheu überwindend, dabei ein hysterisches Aufkreischen unterdrückend, greift sie zu Kehrblech und Besen, und es gelingt ihr, das wild um sich fuchtelnde Insekt in eine Plastiktüte zu befördern und diese zuzuknoten. Aber auch gefangen und mit giftigem Imprägniermittel getränkt gibt das Tier keine Ruhe. Die zugeknotete Plastiktüte beginnt, langsam über den Boden zu kriechen und dabei laut und bedrohlich zu rascheln, so daß Léa halb bekleidet die fünf Stockwerke hinunterlaufen, die Tüte dabei am ausgestreckten Arm von sich weghalten und in der Mülltonne verschwinden lassen muß, wo sie noch lange weiterraschelte und in meiner Vorstellung noch immer weiterraschelt, unbesiegbar.

Wie sollte ich einer Frau namens Léa, die ich soeben erst erfunden hatte und die mir folglich quasi unbekannt war, das ganze Grauen dieses Erlebnisses spürbar machen? Ich mußte mich bemühen, sie in den gleichen Zustand der Angst, des Verfolgt-Werdens und der Bedrohung zu versetzen, in dem ich mich selbst zum Zeitpunkt dieser morgendlichen Begegnung befunden hatte, weshalb mir nichts anderes übrig blieb, als ihr meine, oder zumindest eine ähnliche, Vorgeschichte zuzuschreiben, und genau das war vielleicht zuviel verlangt, denn auch für Romanfiguren gibt es Grenzen, die übrigens viel enger gezogen sind als bei uns Fleisch-und-Blut-Wesen: Es sind die Grenzen des Zumutbaren oder einfach des Wahrscheinlichen. Wollte ich Léa tatsächlich die Geschichten aufbürden, die mir nacheinander widerfahren sind, bliebe mir aus Gründen der Glaubwürdigkeit keine andere Wahl, als sie durch Selbstmord, in einer Anstalt oder eben im Papierkorb enden zu lassen. Heute habe ich eingesehen, daß ich solider bin als meine Léa, und nehme alle Schrecknisse lieber gleich auf mich.

4

Um *Armer Ritter* schreiben zu können, hatte ich mich aufgespalten in eine Person, die »mitten im Leben« steht und der die unerhörtesten Dinge widerfahren (Léa), und in eine zweite (mich), die im windstillen Auge eines lärmenden Großstadtzyklons an ihrem Schreibtisch sitzt, oft tagelang keinen Menschen sieht und schreibt und übersetzt und wieder schreibt. Aus dem lebendigsten Teil meiner selbst hatte ich eine Kunstfigur gemacht. Diese Aufspaltung war mir natürlich erschienen.

Aber was hatte ich nicht alles über diese Léa erfinden müssen, um eine halbwegs glaubwürdige und von mir getrennte Figur aus mir zu machen! Ich hatte ihr eine Arbeit als Anwaltsgehilfin in der Avenue Wagram besorgt, später erledigte sie für einen kleinen Kunstverlag die Pressearbeit. Willig ließ sie sich von mir in dieses oder jenes Arbeitsverhältnis und in das Bett dieses oder jenes Mannes schicken. Das alles ist nun umsonst, Léa und ich fallen einander in die Arme und verschmelzen wieder zu einer Person. Nimm es mir nicht übel, Léa, aber du warst ohne eigenen Willen und hattest schon deshalb nicht das Zeug zur Romanfigur. Nun aber, da sie ausrangiert werden soll, wird sie plötzlich lebendig und will noch einmal eine neue Chance, einen zweiten Auftritt bekommen. Welcher Autor kann schon seiner eigenen Hauptfigur etwas abschlagen? Also gut, Léa. Du sollst, wenn auch nur als verworfene Romanfigur, gleichsam als Schatten deiner selbst, Eingang in diese Seiten finden.

Eine kurze Vorgeschichte ist nötig, um verständlich zu machen, wie Léa und ich in die eigentliche Geschichte haben hineinrutschen können: Kurz bevor sie Enguerrands Bekanntschaft machte, verliebte sich Léa in einen Russen namens Vladimir Mikoyan, woraus sich eine mehrere Jahre andauernde, unrettbare und unbeendbar scheinende Liebesgeschichte entwickelte, einzureihen in die Vielzahl von Krankheiten, Schwermutszuständen, Unfällen, Naturkatastrophen, die in jedem Menschenleben einzutreten drohen. Wie hätte sie unter diesen Bedingungen einen anderen Mann, sei es einen noch so vornehmen Enguerrand, auch nur wahrnehmen sollen?

In dem *Armer-Ritter*-Roman begann ihre Geschichte mit Vladimir folgendermaßen:

»Am 26. Januar 1972 explodierte eine Bombe in einer DC-9 der jugoslawischen Fluggesellschaft JAT, die von Kopenhagen nach Zagreb unterwegs war. Die zweiundzwanzigjährige jugoslawische Stewardess Vesna Vulović wurde aus dem Flugzeug geschleudert, fiel ohne Fallschirm aus einer Höhe von 10 160 Metern in der Nähe des tschechischen Dorfes Srbskà Kamenice auf die Erde und überlebte. Léas Chancen, ihre Geschichte mit Vladimir heil zu überstehen, hätte ich ungefähr ebenso hoch eingeschätzt.«

Alle charmanten Unholde, denen ich je begegnet war, hatte ich in der Gestalt des Vladimir vereinigt und Léa abends in einer Brasserie des Boulevard du Montparnasse gegenübergesetzt. Um den beiden die Sache nicht zu leicht zu machen, hatte ich Léa einen Herrn beigesellt, der in dieser Geschichte keine Rolle spielt und deshalb nur als einmaliger Begleiter vorkommt. Vladimir ließ ich allein am Tisch gegenüber Platz nehmen. Nachdem nun alle Figuren im Raum verteilt waren, hatte sich der Leser fast ohne meine Beihilfe vorstellen können, wie Léas Blicke scharf an dem Gesicht ihres Tischgefährten vorbeiglitten und es dabei wie beim Messerwerfen im Zirkus aussparten, um sich in Vladimirs Augen zu versenken, wie dieses Sich-kaum-gefunden-haben-und-gleich-schon-wieder-Verlieren, ohne jede Hoffnung auf ein Wiedersehen, schlicht nicht denkbar war und wie Léa, da mit einer Initiative Vladimirs, seinem An-ihren-Tisch-Treten und Ihren-Begleiter-einfach-Ignorieren etwa, nicht zu rechnen gewesen war, aufstand und auf ihren langen Beinen an seinem Tisch vorbei und die Treppe hinunter in Richtung »Herren« und »Damen« ging, wie sie sich dann in einer der Kabinen einschloß und aus ihrer Handtasche einen Zettel herauskramte, auf den sie mit dem Bleistift die Worte »Sonntagabend hier« schrieb, wie sie den Papierfetzen dann zusammenfaltete, bis er nicht mehr größer als ein Olivenkern war, die Tür öffnete, nein, erst noch die Spülung betätigte – um die Szene realistischer zu gestalten, ließ ich, kaum, daß Léa an dem Kettchen gezogen hatte, das Klosett überlaufen, so daß sie augenblicklich mit den Fußsohlen im Wasser stand, worum sie sich aber nicht im geringsten scherte, zumal der Leser die weibliche Hauptfigur nicht mit der Behebung eines Wasserschadens, sondern mit dem Kennenlernen des allein am Tisch sitzenden Vladimir beschäftigt sehen wollte –, wie sie schließlich einen kurzen Blick in den Spiegel warf und sich durchs Haar fuhr, bevor sie die Treppe wieder hochstieg und im Vorübergehen, den Blick gerade vor sich gerichtet, aus der halbgeschlossenen, locker an ihrem Leib herunterbaumelnden Hand mit einer beinahe unsichtbaren Bewegung den gefalteten Papierschnipsel auf Vladimirs Tisch fallen ließ und kurz darauf mit ihrem Begleiter das Lokal verließ. In einer Verfilmung des Romans hätte Léas Rolle von Julia Roberts oder Sharon Stone gespielt werden sollen.

Der Anfang war gemacht. Nun konnte die Vorgeschichte beginnen und das Unglück Nummer eins seinen Lauf nehmen.

5

Ich ließ Léa Vladimir heiraten. Innerhalb von zwei Monaten und siebeneinhalb Manuskriptseiten war das getan. Marry me, stupid, sagte Vladimir zu Léa, eine Anspielung auf den Billy-Wilder-Film Kiss me, stupid, die Léa zwar entging, aber immerhin reichten ihre Englischkenntnisse so weit, daß sie den Satz verstehen und Yes sagen konnte.

Drei Tage nach der Eheschließung hatte ich Vladimir schon so weit gebracht, daß er sich wieder von Léa scheiden lassen, wenn auch nicht trennen wollte. Tatsächlich sind Trennungen und Scheidungen so schmerzlich und brutal, daß man sie, wenn überhaupt, dann lieber nacheinander anberaumen sollte, was die meisten Menschen vernünftigerweise auch tun. Das Besondere an Léas Fall war nur, daß die Scheidung vor der Trennung zustande kam.

Andere, begabtere Autoren mögen über mehr Phantasie verfügen als ich, die ich meine fiktive Léa auch hier nur wieder mit meinem eigenen Erfahrungsschatz, einem reichen Schatz an Wunden, ausgestattet hatte. Tatsächlich wollte der Ehemann, den ich einmal hatte – das Verb »haben« ist allerdings ein bißchen übertrieben, aber wie soll man sagen? –, sich unmittelbar nach der Heirat wieder scheiden lassen. Da wir uns liebten und nicht vorhatten, uns zu trennen, schien mir das unnötig, aber ich konnte es ihm nicht wieder ausreden.

Hättest du dir das nicht ein paar Tage früher überlegen können? fragte ich schließlich doch ein bißchen ärgerlich.

Nein, da habe er mich noch heiraten wollen.

Ich fragte, ob wir nicht einfach weiter in unseren jeweiligen Wohnungen leben und uns lieben könnten.

Ja, schon, aber eine Scheidung müsse sein.

Aber warum bloß?

Weil die Ehe, die Institution Ehe ihn erdrücke, er habe die Bedeutung dieses gesellschaftlichen Symbols nicht richtig eingeschätzt, das sei ein Tonnengewicht, was seither auf ihm laste und ihn daran hindere, wie vorher unbefangen mit mir um- und auf mich zuzugehen. Zudem sei er Künstler und als solcher unfähig, sein Leben mit jemandem zu teilen, sein Leben sei unteilbar, und wenn ich es genau wissen wollte, unlebbar.

Er war der erste Künstler, den ich kennenlernte, und er erfüllte alle meine Erwartungen. Die Unbedingtheit oder Rücksichtslosigkeit, mit der mein Ehemann seine Künstlerlaunen und Seelenzustände auslebte, beeindruckte mich tief.

Wenn es nur das ist, lassen wir uns eben wieder scheiden! rief ich fröhlich. Ich war erleichtert, daß nicht ich es war, die als Tonnengewicht auf ihm lastete, sondern bloß die Institution Ehe.

Das Sich-scheiden-Lassen stellte sich leider als eine viel langwierigere und kostspieligere Angelegenheit heraus, als es die Heirat gewesen war. Sechs Monate mußten wir verstreichen lassen, bevor wir eine Scheidung überhaupt beantragen konnten. Bis die Scheidung dann endlich ausgesprochen wurde, verging noch ein Jahr, so daß mein Ehemann, der äußerlich alles andere als ein Gewichtheber war, im Ganzen anderthalb Jahre unter der Last dieser Institution leben mußte und dabei tatsächlich den Nakken beugte, während ich nur innerlich in die Knie ging und äußerlich neben ihm weiter zu wachsen schien.

Erst allmählich begriff ich, daß ich in einen Nahkampf hineingeraten und im selben Augenblick auch schon unterlegen war. Ich begann, den vielen Clochards und Bettlern Geld zu geben, denen ich auf meinen Wegen durch Paris begegnete, jedoch war es keine Barmherzigkeit, die mich trieb, noch nicht einmal Großzügigkeit, es war die reinste oder unreinste Bestechung. Ich bestach die Bettler, weil ich mir einbildete, mein Liebesglück liege in ihren Händen.

Um meinen Ehemann dafür zu bestrafen, daß er unsere Hochzeitsreise ohne mich angetreten hatte, flog ich allein nach Hong Kong, wo ich zwischen sechs Millionen Chinesen untertauchte und außer mir selbst zehn Tage lang niemandem aufgefallen bin. In Hong Kong war ich wie vom Erdboden verschluckt, einfach nicht mehr vorhanden. Mein Ehemann ist im Baskenland, versuchte ich mir immer wieder zu sagen. Es schien mir inmitten der vielen, ganz selbstverständlich jeder mit sich und seinem eigenen Leben, mit Essen oder Schlafen oder Überdie-Straße-Schlurfen beschäftigten Chinesen unwahrscheinlich, sagenhaft, unfaßbar, daß es das Baskenland gab, und vor allem, daß es diese Inselstadt und ihre Bewohner und *gleichzeitig* das Baskenland gab, und meinen Ehemann darin.

Schon immer hatte die Gleichzeitigkeit der Geschehnisse auf der Erde, sei es auf unterschiedlichen Erdteilen oder in zwei Zimmern derselben Wohnung, mich in Staunen versetzt. Während ich diesen Satz spreche, dachte ich, fährt unten ein Kind mit dem Fahrrad an einem Mörder vorbei, spiegelt die Sonne sich in einem Dachfenster in Suresnes, läuft in Nowosibirsk eine Maus in die Falle. Das kann sich kein Mensch vorstellen, diesen allen Raum ausfüllenden »Rest der Welt«, der immer *gleichzeitig* da ist, der nie Ruhe gibt und sich nicht um einen schert.

Von Hong Kong aus war mein Ehemann nicht mehr vorstellbar, und doch lief er immer neben mir her.

6

Daß wir an einem 1. April geschieden wurden, ist ebenfalls keine Erfindung, sondern von einem amtlichen Stempel abzulesen. An diesem Punkt der Erzählung kam mir in dem mißratenen *Armer-Ritter*-Roman aber wieder Léa sehr zugute, weil ich mit ihr die Scheidung so gestalten konnte, wie ich sie selbst zwar nicht erlebt, wie ich sie mir aber erträumt hatte. Tatsächlich hatte ich mir in den Kopf gesetzt, dieses Ereignis, da es doch keineswegs das unselige Ende einer Liebe oder eines Verzaubertseins, sondern im Gegenteil das Wegfallen eines Gewichts, das Lösen rein administrativer Bande zugunsten der wahren Liebe bedeutete, gebührend zu feiern, es wie eine zweite Hochzeit zu begehen.

Ich zog Léa das lange, lavendelfarbene Samtkleid mit dem geschnürten Ausschnitt an, das ich bei der Trauung im Standesamt des 19. Arrondissements getragen hatte. Ich lud einige Freunde ein, darunter die Trauzeugen, die nun als Scheidungszeugen gefordert waren und die Léa und Vladimir zu ihrem Termin beim Familienrichter im Justizpalast auf der Île de la

Cité begleiten und anschließend mit ihnen feiern sollten. Leider wurde der kleinen Schar jedoch vor den hohen, pfeilförmigen Gitterstäben des Justizpalastes Einhalt geboten: Zu einer Scheidung waren keine Festgäste zugelassen. Die republikanische Garde legte mir Steine in den Weg – eine Scheidung als Freudenfest zu gestalten war von amtlicher Seite nicht vorgesehen. Nun gut, dann würden die beiden eben zu zweit feiern. Ich ließ Léa und Vladimir die breite Außentreppe hochsteigen, die ich damals mit meinem zukünftigen Ex-Ehemann erklommen hatte, und durch das linke der drei Tore, das mit dem goldenen Wort Liberté überschrieben war, in das mächtige Gebäude eintreten, wo einst das Revolutionstribunal getagt hatte und wo Marie-Antoinette und Tausende anderer zur Guillotine verurteilt worden waren.

Das Fallbeil ließ ich nicht in einem der imposanten, prunkvollen Gerichtssäle fallen, sondern in einer niedrigen Stube unter dem Dach. Ich wartete ab, bis der Richter Léa gefragt hatte, warum sie sich scheiden lassen wolle und ob sie wirklich fest dazu entschlossen sei. Sie war entschlossen. Wenn schon, sagte sie, dann sei sie lieber mit einem Mann verheiratet, der auch mit ihr verheiratet sein wolle.

Dagegen gab es nicht viel einzuwenden. Während sich die Formalitäten hinzogen, klebte ich aus Langeweile dem Familienrichter unter dem linken Ohr eine Warze an, was aussah, als wüchse ihm an dieser Seite ein zweites Ohrläppchen.

Winter ade, scheiden tut weh. Und nun raus mit euch! Ich wies den beiden frisch Geschiedenen einen Ausgang auf der menschenleeren Rückseite des Justizpalasts, Place Dauphine, wo ich zur Belebung des Platzes ein paar picknickende Touristen auf den Parkbänken verteilte und eine hauchdünne weiße Plastiktüte durch die diesige Luft geistern ließ, bis sie von einem Kastanienast aufgefangen wurde. Ich versuchte Vladimir davon abzuhalten, sich sang- und klanglos zu verdrücken, aber alles, was ich erreichen konnte, war, daß er Léa wenigstens noch einmal umarmte, bevor er sie in ihrem lavendelblau schimmernden Samtkleid stehenließ, nicht ohne ihr ein gut gelauntes »Bis bald« zugerufen zu haben.

Gut. Dann würde Léa eben alleine feiern. Trotzig und fest entschlossen, aus diesem Tag, komme, was wolle, noch ein Fest zu machen, führte ich sie, den Kopf in einen Schal gehüllt, damit der Regen ihren Willen nicht aufweichen konnte, über den Pont Neuf auf das rechte Seine-Ufer bis zu jener riesigen bepflanzten Leere, die das ausgerissene Herz der Stadt gelassen hat und wo das gewaltige Kirchenschiff von Saint-Eustache einsam und wie auf den Strand gelaufen steht. Im *Pied de Cochon* bestellte ich eine Platte mit Meeresfrüchten und eine Flasche Sancerre für sie, und sie begann, sich gewissenhaft von den Bigorneau-Schnecken, die, einmal aus ihren schwarzen Häuschen herausgepuhlt, kaum größer als ein Apfelwurm sind, bis zu der zwei Handspannen breiten roten Meeresspinne, die auf der Spitze des Bergs aus zerstoßenem Eis saß, durchzuarbeiten. Ich wies einen Kellner an, den oberen ihrer zwei Teller, auf dem sich schon die leeren Schneckenhäuser und die mit dem Nußknacker aufgebrochenen Schalen der dünnen Meeresspinnenbeine türmten, wegzutragen. »Tout va bien, mademoiselle?« Für den Kellner war sie weder verheiratet noch geschieden, sondern einfach nur eine junge Frau mit großem Appetit auf Meeresfrüchte. Bald fing der Wein an, Léa freundlich von allen Widrigkeiten abzuschirmen. Trink nicht zuviel, sagte ich zu ihr, denn immerhin war ich es, die sie nachher nach Hause schleppen mußte.

Das *Pied de cochon* ist eine alte Brasserie, in der alles neu ist: das Kunstleder der Sitzbänke ist neu, die Fresken an den Säulen sind neu, und die Lampen in Form dreistöckiger Fruchtschalen, aus denen gelbe, blaue und grüne Glasfrüchte quellen, sind neu. So neu, daß ich zum Ausgleich einen gar nicht mehr neuen Kunden in Léas Hörweite setzte, der gerade einer kleinen Kellnerin aus einer Zeit erzählte, die sie nicht erlebt hatte, der Zeit nämlich, als es die Markthallen noch gab und die starken Männer, die halbe Rinder schleppen konnten und um vier Uhr früh Zwiebelsuppe aßen. Es war ein ehemaliger Metzger, der sich darüber beschwerte, daß der Zustand seiner Zähne und seines Zahnfleischs ihm nicht mehr erlaubte, dicke Steaks zu zerkauen, und tatsächlich hatte er das tellergroße, blutige Entrecôte, das er serviert bekommen hatte, nur zur Hälfte verzehrt. Gottlob bekomme er demnächst neue Zähne »in den Kopf eingepflanzt«, sagte er, und ich konnte Léa ansehen, wie ihre Vorstellung den hochroten Kopf ihres Nachbarn mit Raubtierzähnen garnierte.

Statt des rosa Schweinchen-Baisers, das Léa zu ihrem Kaffee gereicht bekam, verlangte es sie nach einem Cognac. Dann nach einem zweiten. In ihrem Kopf und Bauch hob ein gefährlicher Seegang an, den auch ich nicht mehr stoppen konnte. Tapfer klammerte sie sich an die Reling. Alles aber, was nicht Floßfedern und Schuppen hat im Meer und in Bächen, soll euch eine Scheu sein, daß ihr von ihrem Fleisch nicht eßt und vor ihrem Aas euch scheut, flüsterte ich ihr ins Ohr (perfiderweise, war ich es doch gewesen, die ihr die Meeresplatte aufgetischt hatte), während sie vergeblich versuchte, ihre wegschwimmenden Augen auf dem roten Gesicht des Hallenmenschen festzuhalten. Schließlich stand sie auf, und ich holte den Kellner herbei, damit er den Tisch vor ihr wegziehe, aber kaum war der Weg frei, sank Léa wieder auf die Bank, ließ den Kopf vornüber sinken und überließ sich den Wellen, die ihr aus der Magengegend entgegenschlugen. Nun kamen, ganz ohne daß ich zu rufen brauchte, gleich mehrere Kellner herbeigesprungen, um die speiende Léa so rasch wie möglich aus dem Speisesaal und aus dem Blickfeld der zu Mittag essenden Herrschaften zu bugsieren.

Die Rechnung ließ ich sie dann nach dem ersten Kotzschub vor der Tür begleichen, wofür man ihr das Kreditkartengerät eigens herausbrachte. Während ich mich abmühte, um ein Taxi zu finden, dessen Fahrer sich bereit erklärte, Léa trotz ihres vollgekotzten Samtkleides an die Porte de Clichy zu fahren, dachte ich nach über die Machtgrenzen des Romanciers. Hatte ich nicht alles getan, was in meinen Kräften stand, um aus dieser Scheidung ein Fest zu machen? War es meine Schuld, wenn keine feierliche Stimmung hatte aufkommen wollen?

7

Im *Armer-Ritter*-Roman endete die Vorgeschichte in einem endlosen Psychodrama. Viel zu lang, über mehrere Dutzend Seiten, ließ ich mich darüber aus, wie es nach Léas Scheidung irgendwann doch noch zu einer Trennung und nach der Trennung zu einem alptraumartigen Nachspiel gekommen war, in welchem Vladimir sich von dem Tag an, als Léa sich endgültig von ihm abkehrte, in ein Ungeheuer, einen Wahnsinnigen, einen Tollwütigen verwandelte, der sie beschimpfte und verfolgte und bedrohte. Für diesen rein fiktiven Teil des Romans hatte ich gut recherchiert, hatte Bücher über ein altes, neuerdings unter dem Namen Stalking bekanntes Phänomen gelesen und Opfer befragt. Unter anderem hatte ich herausgefunden, zu dem typischen Profil des Stalker gehöre es, daß er sich selbst als Opfer erfährt. Dieses psychologische Grundmuster hatte ich auf Vladimir übertragen, hatte ihn seitenlang, bis es der Leser, den es gottseidank nie geben würde, nicht mehr hätte hören wollen, über sein Verlassen-worden-Sein, sein überüberübergroßes Unglück jammern und klagen und über Léas beispiellose Boshaftigkeit, ja, Ruchlosigkeit schimpfen lassen.

Auf Seite neunundsiebzig schnitt er sich vor ihren Augen mit einem Küchenmesser die Pulsadern auf, vielmehr hätte er sie sich aufgeschnitten, wenn Léa ihm nicht gerade noch rechtzeitig in den Arm gefallen wäre, auf Seite fünfundachtzig sprang er aus dem zehnten Stock, vielmehr wäre er zweifellos aus dem zehnten Stock gesprungen, wenn er sich nicht noch auf Seite zweiundneunzig vor einen Metrowagon hätte werfen müssen.

Natürlich versuchte ich, wie jeder einigermaßen skrupulöse Romancier, mich in die Psyche meiner Figur hineinzudenken. Vladimir schien mir nur glaubwürdig als einer, der schon immer unglücklich gewesen war und es sich in seinem Unglück bequem gemacht hatte. Es war, als sei dieses neue Liebesleid eine notwendige Auffrischung seines Ur-Unglücks und somit gewissermaßen die Befriedigung eines der Grundbedürfnisse in seinem Leben.

Ich machte aus Vladimir einen jener Menschen, denen es gelingt, ihr eigenes Unglück lächerlich zu machen, indem sie es auf die unglaubwürdigste Weise spielen, einen jener, die doppelt leiden, einmal wirklich und einmal auf der großen Theaterbühne ihres Lebens. Der Vladimir aus meinem Romanmanuskript drehte sich immer so, daß er der Welt seine leidende Seite zukehrte, so daß die andere, die Mister-Hyde-Seite seiner Person, ausschließlich meiner Léa vorbehalten blieb, welche sich bald, so sehr ich auch ermunternd auf sie einzureden versuchte, immer mehr in ihrer Wohnung an der Porte de Clichy einigelte und hinter ihrem Anrufbeantworter verschanzte.

Die Vladimir-Episode sollte lediglich dazu dienen, dem Leser zu verdeutlichen, in welchem Zustand sich die weibliche Hauptfigur befand, als sie nach sechs Jahren den eingangs schon erwähnten Enguerrand wiedersah – ja, wiedersah, denn sie hatte seine Bekanntschaft in den allerersten Monaten nach ihrer Begegnung mit Vladimir gemacht, zu einem Zeitpunkt, als man ihr statt jedweden Mannes außer Vladimir ebenso gut einen Baumstumpf vor die Nase hätte setzen können. Ihre Netzhaut hatte Enguerrands Bild gewissermaßen ohne Léas Wissen erfaßt. Sechs Jahre später kann sie ihn endlich sehen. Zugleich ist sie in einem wenig beneidenswerten Zustand der Anspannung und Aufgeriebenheit, der die kommenden Ereignisse zwar nicht erklärt, aber ermöglicht.

Ich will nicht leugnen, daß mir alles auf den folgenden Seiten zu Erzählende selbst widerfahren ist. Wenn ich Léa trotzdem bitte, mich wenigstens am Anfang nicht im Stich zu lassen und wie eine treue Schwester an meiner Seite zu bleiben, dann nicht, weil ich sie als Tarnung brauchen könnte; eher schon als Krankenschwester oder jedenfalls als Stütze.

Zurück zu jener ersten Begegnung und zur ersten Person. Die erste Begegnung fand am Anfang des 21. Jahrhunderts in meiner Wohnung statt. Ein mit gediegener, konservativer Vornehmheit gekleideter Herr kam meine fünf Stockwerke hochgestiegen, um für eine französische Zeitschrift ein Gespräch mit mir zu führen. – Léa, Léa, wo bist du damals gewesen? Wenn ich dir nur ein ganz klein wenig lieb wäre, hättest du das alles nicht gleich an meiner Stelle erleben können?

Ich ärgerte mich, als ich dieses Monsieurs ansichtig wurde, ihn zu mir nach Hause und nicht besser in ein Café gebeten zu haben, denn das Haus, in dessen oberstem Stockwerk meine Wohnung liegt, ist ein ehemaliges Stundenhotel, ein heruntergekommenes, schmales Gebäude mit einem hoffnungslos verdreckten Treppenhaus und drei stinkenden Mülltonnen, die permanent den winzigen Hauseingang versperren. Der Monsieur schien sich weder an der ärmlichen Umgebung noch an der Enge meiner Behausung im geringsten zu stören. Er besaß eine auffallende, wie aus einer anderen Epoche oder Welt stammende Höflichkeit und Wohlerzogenheit, die wohl auch als Steifheit zu bezeichnen gewesen wäre, wenn er sich nicht zugleich auf einen meiner zwei wackeligen Holzstühle gesetzt hätte, als habe er sich noch nie auf einem eleganteren und bequemeren Sitz niedergelassen – aber du siehst doch, Léa, daß es so nicht geht. Komm schon, sei so lieb und kümmere du dich um den Mann.

Léa ist nicht gerade begeistert, zumal sie in dem mißratenen Manuskript die ganze Geschichte schon einmal erlebt hat und folglich weiß, was noch auf sie zukommen wird. Sie behauptet, sie könne in dieser Szene schlecht einspringen, sie sei keine Autorin, mit der Gespräche geführt werden, sondern lediglich Anwaltsgehilfin. Aber da helfen keine Ausreden.

Einstweilen genügt es, wenn du dem Herrn gegenüber Platz nimmst, sage ich, ich souffliere dir die Antworten, die du zu geben hast, etwa: Was Sie nicht sagen, demnach hat tatsächlich schon Goethe Ihre Zeitschrift gelesen, jetzt weiß ich auch, warum ich so eingeschüchtert bin, mir ist, als würde der große Dichter selbst demnächst die neue Ausgabe mit meinen neunmalklugen Äußerungen lesen.

Nach einer Weile steht Enguerrand auf und schickt sich an zu gehen. Siehst du, Léa, war doch gar nicht so schlimm. Nun brauchst du den Herrn nur noch zur Tür zu begleiten, mehr als vier Schritte sind das nicht, und ihm die Hand zu geben. Was, er lädt dich ein in die Normandie oder Vendée? Gästezimmer habe er genug und zum Arbeiten sei die Ruhe ideal? Daß dieser vornehme Herr eine ihm bis dahin völlig fremde Frau in sein Haus zum Übernachten einlädt, scheint dir wohl nicht recht zu seinen erlesenen Manieren zu passen. Vielleicht mangelt es ihm einfach an Gesellschaft?

Na, wir haben anderes zu tun. Nun bedanke dich schön und schließe die Tür hinter ihm. Siehst du? Schon hast du ihn wieder vergessen.

8

Tatsächlich war der Interviewer noch in derselben Minute, in der er meine Wohnung verließ, wieder völlig aus meinem Bewußtsein verschwunden. Er war der erste Mann aus altem französischem Adel, dem ich begegnete, und er machte auf mich keinen größeren Eindruck, als sei er als Angestellter der Électricité de France zum Stromablesen vorbeigekommen. Er hatte keine große, gebogene Nase und kein hochmütig spitzes Kinn, überhaupt war nichts Spitzes oder Kantiges an ihm, eher war er ein bißchen rundlich, aber auch das nur in Maßen, er war weder klein noch groß, weder schön noch häßlich, weder jung noch alt, weder besonders geistreich noch dumm. Er war die Unauffälligkeit und Zurückhaltung in Person. Wenn es etwas Bemerkenswertes an ihm gab, wollte er es offensichtlich nicht bemerkt wissen, und es kostete mich keinerlei Mühe, ihm diesen Gefallen zu tun. Ich war verstrickt und vernäht und am Ende verknotet in eine andere Geschichte, von der eine mögliche Fassung in den vorausgehenden Seiten dieses Manuskripts enthalten ist, aber auch wenn ich das nicht gewesen wäre, auch wenn ich an jenem Nachmittag mit allen Sinnen nach einem Abenteuer gelechzt hätte, wäre mir dieser Mann sicher nicht im Gedächtnis geblieben.

Léa, was sagst du dazu, du hast ihn doch auch gesehen?

Auch ihr gefiel er nicht, jedenfalls nicht als Mann, höre ich.

Vielleicht hätte er dir als Spazierstock besser gefallen?

Léa erklärt, das Benehmen dieses Herrn ganz und gar unnatürlich gefunden zu haben und von seiner ungelenken und altmodisch-schnörkeligen Ausdrucksweise in Verlegenheit gebracht worden zu sein. Aber wie könnte es auch anders sein, wenn eine gerade erst erschaffene Romanfigur auf einen Herrn mit jahrhundertelanger Familienvergangenheit trifft?

Sechs Jahre vergingen, in denen der Interviewer vollständig aus meiner Erinnerung verschwand, von jenen Sekunden pro Jahr abgesehen, die es brauchte, um in den ersten Januartagen eine mit einem Aquarell bedruckte, ein ehrwürdiges, von hohen Bäumen umstandenes Haus zeigende Postkarte aus dem Briefkasten zu ziehen, auf deren Rückseite einen in ungebräuchliche und umständliche Höflichkeitsfloskeln gefaßten Neujahrswunsch zu lesen und diese Karte anschließend im Mülleimer verschwinden zu lassen.

Dann traf ich ihn zufällig, aber was heißt schon

zufällig, wieder. Der Zufall macht es einem schwer, an ihn zu glauben. Ich angele das mißratene Manuskript aus dem Papierkorb und schaue nach, wie Léa ihren Enguerrand nach langen Jahren wiedergetroffen hatte, ach ja, auf einem Fest an der Bastille, was mir Gelegenheit gab zu einem Vergleich zwischen der fünfunddreißig Tonnen schweren deutschen Siegessäulen-Nike oder -Viktoria, die zwar das eine Bein leicht angewinkelt hat, vom Fliegen aber ungefähr so weit entfernt ist wie eine ausrangierte Dampflokomotive, und dem zarten Bastille-Jüngling, der mit seinen Schmetterlingsflügeln schon fast davongeflogen und nur noch über eine Fußzehe mit der Säule und über diese mit der Erde verbunden ist.

Wäre er nicht lächelnd auf mich zugekommen, hätte er mir nicht seinen Namen genannt und mir unsere weit zurückliegende Begegnung in Erinnerung gebracht, ich hätte sein Allerweltsgesicht, denn als ein solches erschien es mir, nicht wiedererkannt. Statt ihm die Hand zu geben, wäre ich besser beraten gewesen, auf- und davonzufliegen.

Am liebsten hätte ich eine gut endende, mit anderen Worten eine gar nicht endende, eben eine glückliche Liebesgeschichte schreiben wollen, und ich war mir der Schwierigkeit dieses Unterfangens durchaus bewußt; nicht umsonst ist die Literatur überreich an Liebesgeschichten, die schlecht und meist tragisch enden. Um diese Aufgabe bewältigen zu können, hatte ich mir vorgenommen, zunächst einmal eine glückliche Liebesgeschichte zu *erleben*, aber schon an dieser Vorarbeit sollte ich scheitern.

Die Geschichte, die ich erzählen werde, wird schlecht ausgehen, wozu es verhehlen. Der Spannung wegen? Für einen Kriminalroman hätte sie zweifellos den geeigneten Stoff liefern können, auch für eine Novelle hätte es gereicht, denn am Ende wird die unerhörte Begebenheit nicht fehlen, aber um einen Roman zu schreiben, der wirklich der Geschichte angemessen gewesen wäre, hätte es eines französischen Autors des neunzehnten Jahrhunderts, vielleicht eines Balzac, nein, eher eines Verfassers zweit- oder drittrangiger Sittenromane bedurft. Wen wundert es, daß mein Manuskript im Papierkorb gelandet ist?

9

Ich gebe zu, ich gehe manchmal zu Empfängen. Zwar nicht oft, nein, durchaus nicht oft, doch als schreibender Mensch hat man auf Empfängen nichts zu suchen, man hat sich zu hüten vor jeder Art von Empfängen, ich weiß das und wußte es damals schon, und tatsächlich folgte die Strafe auf den Fuß, und diese Strafe war so, daß ich glaube, für alle vergangenen und vielleicht noch kommenden Empfangsbesuche gesühnt zu haben.

Sechs Jahre nach unserer ersten Begegnung traf ich den Mann, der später für Enguerrand Modell stehen sollte, wieder – und vergaß ihn auch diesmal bald, wenn auch weniger gründlich. Es war auf einem Empfang in der deutschen Botschaft, wo ein befreundeter Übersetzer einen Preis verliehen bekam, und natürlich war ich selbst schuld an diesem Wiedersehen, warum bleibe ich nicht zu Hause und lese den *Zauberberg* oder *Die Lilie im Tal*, warum gehe ich nicht ins Kino, warum betrinke ich mich nicht alleine, warum gehe ich zu Empfängen?

Er lächelte hocherfreut, als er auf mich zutrat und

mich ansprach, und seine Augen schauten dabei, als wollten sie mir nicht zu nahe kommen, als zögen sie sich aus Höflichkeit und um mich nicht zu inkommodieren ein wenig in ihre Höhlen zurück und blickten nur so nebenhin und aus der Ferne zu mir hinüber. Er sagte kein Wort, das von Bedeutung oder auch nur von Interesse gewesen wäre, aber wer spricht schon bedeutungsvolle Worte auf Empfängen? Durch die prachtvollen Säle des Hôtel de Beauharnais ging zwei Stunden lang ein ununterbrochenes bedeutungsloses Raunen, zu dem ich gestehe, meinen Teil beigetragen zu haben.

Angesichts der angestrengt nichtssagenden Erscheinung dieses Menschen und seiner ebenso nichtssagenden Äußerungen, begann ich allmählich, ihn geheimnisvoll zu finden. Es schien mir unmöglich, daß sich hinter so viel Nichtssagendem nicht doch noch etwas anderes, eine verborgene Leidenschaft und Sinnlichkeit vielleicht oder irgendein streng gehütetes Geheimnis, verbarg, denn wer vermag sich schon vorzustellen, ein Mensch könne tatsächlich nur nichtssagend, innerlich und äußerlich, immer und in jeder denkbaren Hinsicht einfach nur nichtssagend sein.

Victor Hugos Roman L'homme qui rit, *Der Mann, der lacht*, erzählt die Geschichte eines verunstalteten Mannes, dessen Physiognomie zu einem ewigen Lachen verzogen ist, auch wenn ihm nicht zum Lachen zumute ist – und es ist ihm nie zum Lachen zumute, wie sollte es auch, mit einer solchen Fratze. (Ich frage mich, ob der Erfinder des berühmten Industriekäses *La vache qui rit* bei seiner lachenden Kuh an den endlos lachenden Romanhelden von Victor Hugo gedacht und vorsätzlich aus der tragischen Romangestalt eine alberne Comicfigur gemacht hat.) Ist es nicht ebenso gut vorstellbar, daß die Natur einem abgründigen, grüblerischen, geheimnisvollen Menschen ein ganz und gar unmarkantes, nichtssagendes Gesicht verliehen hat?

Geheimnisvoll? höre ich meine Léa aus dem verworfenen Manuskript heraus höhnisch fragen. Wahrscheinlich besitzt er eine Schildkröte, die er mit Orchideen füttert, oder die weltweit größte Sammlung von Mallarmé-Erstausgaben.

Einige Wochen nach dem Botschaftsempfang ging das Jahr zu Ende, und wieder erhielt ich eine jener geschmackvollen, mit unpersönlich-gedrechselten Neujahrswünschen versehenen Postkarten, für die mir jeder Sinn fehlte, von denen ich nicht begriff, warum sie jedes Jahr wieder in gleicher Manier geschrieben werden mußten, und die wie alle vorherigen sogleich in der vom Briefkasten praktischerweise nur zwei Schritte entfernten Mülltonne verschwand.

Monate verstrichen, in denen mir der seltsame Postkartenschreiber vielleicht ein- oder zweimal in den Sinn kam, das mag sein. Mitte März lud er mich zum Mittagessen ein. Ich kam am Vortag von einer Reise zurück und suchte am Morgen vergeblich nach einem nicht unhöflichen Weg, mich vor der Verabredung zu drücken, zumal ich mittags nicht gerne lange bei Tisch sitze und esse. Überhaupt war ich nicht in Stimmung für einen Austausch von Förmlichkeiten (schreibe ich, als sei ich dafür je in Stimmung).

Bei diesem Mittagessen in der Rue Saint-Benoît saßen wir einander gegenüber und konversierten wie zwei Höflinge des Ancien Régime, eine Rolle, die dem zukünftigen Enguerrand auf den Leib geschrieben war und mit der ich mich selbst erst mühsam mithilfe mehrerer Gläser Rotwein vertraut machen mußte.

Beim Kaffee erfuhr ich immerhin, auch wenn diese Mitteilungen mich nicht sonderlich interessierten, daß dieser geheimnisvolle oder nichtssagende Mann etwa zwei Zugstunden von Paris entfernt allein lebte und daß er in Paris einen sogenannten *pied-à-terre*, einen »Fuß-auf-dem-Boden« besaß, wie die Franzosen aus der Provinz, die sich eine solche leisten können, ihre Pariser Zweitwohnung nennen, in die meistens tatsächlich nicht viel mehr als ein Fuß hineinpaßt.

Zu ihrer Zeit, also, als *sie* noch meinen Part innehatte, sei es eindeutig aufregender zugegangen, höre ich Léa dazwischenplatzen. Ob ich mich an die Szene erinnere, in der sie heimlich einen Zettel auf Vladimirs Tisch habe fallenlassen? Das sei noch ein romanwürdiges Kennenlernen gewesen. Aber das jetzt? Müsse ich wirklich den Leser mit einem Mittagessen langweilen, über das es weiter nichts zu sagen gebe, als daß es mir endlos erschienen sei?

Seit sie im Papierkorb liegt, ist Léa eigenständiger als je zuvor, und sie kann manchmal ziemlich grantig werden.

Gedulde dich, Léa, ich werde dich schon bald wieder brauchen. Aber wenn du nichts dagegen hast, erzähle ich noch fünf Minuten in meinem eigenen Namen weiter.

Nicht etwa während dieses Mittagessens, sondern vielleicht vierzehn Tage später wurde mir auf einen Schlag klar, daß dieser Mensch, den ich bislang für einen geschlechtslosen Kauz aus guter Familie gehalten hatte, ein Wesen männlichen Geschlechts war und daß er mit großer Wahrscheinlichkeit seinerseits in mir eine Frau sah –

Willst du uns etwa glauben machen, daß dir diese Tatsache bisher entgangen war?

Nein, sie war mir keineswegs entgangen, nur hatte ich nicht ausdrücklich daran gedacht, hatte dieses offensichtliche Faktum nicht eigens in Erwägung gezogen, weil es mir in unserem Verhältnis ohne Bedeutung erschienen war. Und plötzlich waren wir

Frau und Mann. Zwar konnte ich mir dieser neuen Sicht der Verhältnisse nicht ganz sicher sein, denn das Briefchen, das mich darauf gebracht hatte, war zweideutig und erlaubte sich allenfalls diskrete Anspielungen. Aber der Zweifel, der sich nun in meinem Kopf einnistete, reichte aus, um mich in höchste Verwirrung zu stürzen. Es war mir, als wäre ich bis dahin geblendet gewesen oder als hätte ein Schleier sich gelüftet und ich könnte plötzlich klar sehen, und was ich sah, war ein feiner, überaus höflicher und zurückhaltender Mann, den ich anziehend fand. Was ich bislang als nichtssagend abgetan oder als Schrullen belächelt hatte, seine Umständlichkeit, seine steifen Umgangsformen, seine schnörkelige Schrift, all das erschien mir mit einmal als liebenswürdige Eigenheiten. Es war mir, als hätte ich soeben in einem schon verloren geglaubten Spiel eine wertvolle Karte gezogen.

Und du fürchtest nicht, daß auch dieser neue Anlauf ins Kitschige abgleitet? In diesem Fall hättest du mich nämlich ebenso gut für die Rolle behalten können, sagt Léa, statt mich voreilig auszurangieren.

10

Wenn du dich unbedingt nützlich machen willst, meine liebe Léa, schicke ich dich in den letzten Märztagen des Jahres zweitausendsoundsoviel zum Gare d'Austerlitz oder zum Gare de Lyon, um den Mann aus der Provinz dort abzuholen, aber ich warne dich, ich muß dich dazu in größten inneren Aufruhr, in einen Zustand der Verliebtheit versetzen, der umso heftiger ist und umso mehr einem Krankheitszustand gleicht, als er fast ohne äußeres Zutun und ohne jegliches nähere Wissen über den Gegenstand deiner plötzlichen Gemütsbewegung, sondern ganz in deinem Innern, ganz aus deiner Einbildung und deinen Träumen heraus entstanden ist. Du bist verliebt in einen Mann, dessen Besonderheit und Größe dir gerade noch völlig entgangen waren, eine Besonderheit und eine Größe, die du plötzlich umso deutlicher erahnst, als sie gänzlich deiner eigenen Phantasie entsprungen sind. In deiner Verliebtheit ähnelst du jemandem, der an seinem Körper eine winzige Veränderung feststellt, eine leichte Schwellung oder Rötung, ein kaum spürbares Stolpern des Herzschlags, ein Drücken im Magen, und sich augenblicklich mit einem Fuß in der Intensivstation und mit dem anderen im Grabe sieht. Und du willst ihn tatsächlich am Bahnhof abholen gehen?

Also gut. Dann stell dich mit leerem Magen, denn du hast schon seit Tagen keinen Bissen mehr herunterbringen können, und in deinem alten, verschlissenen Kleid, deinem liebsten, das du angezogen hast, weil dir in letzter Minute das neue, eigens gekaufte, unbehaglich war, an einen Pfeiler auf dem Bahnsteig Nummer sechs und sieh zu, wie du die Haltung findest, in der du ihn herankommen sehen willst, lehn dich an den Pfeiler, stoß dich mit der Schulter wieder ab, Gewicht auf das linke Bein, Gewicht auf das rechte Bein, frontal zu den noch nicht Angekommenen, leicht im Profil. Hast du's? Dann bewege dich nicht mehr. Bis der Zug am Gleishorizont zu sehen ist, dauert es noch etliche Minuten. Über Lautsprecher wird endlich der Zug aus Caen oder La Rochelle, oder woher auch immer er kommen mag, angekündigt. Ist je ein Zug so langsam in einen Bahnhof eingefahren? Mir fällt ein Foto aus dem späten neunzehnten Jahrhundert ein, das eine über die Bremsblöcke der Gare Montparnasse hinausgeschossene und aus dem Bahnhofsgebäude herausgefallene, zehn Meter tiefer mit der Nase auf den Boden geschlagene Lokomotive zeigt, die mit dem Hinterteil noch im Bahnhof hängt. Diese Gefahr wenigstens ist bei dem herankriechenden Zug aus Caen oder La Rochelle gebannt.

Die Türen öffnen sich, schon bevor der Zug kreischend zum Stehen gekommen ist, die ersten Passagiere springen heraus und geraten beim Aufkommen auf dem Bahnsteig ein wenig aus dem Gleichgewicht, weniger allerdings als du, die du doch festen Boden unter den Füßen hast, aber nicht mehr weißt, wie du stehst, noch ob du überhaupt stehst oder kniest oder gleitest, so groß ist deine Erwartung in diesem Augenblick, so groß, daß sie wohl durch nichts, was später noch geschehen wird, übertroffen werden könnte, es ist eine allumfassende, eine von keinem menschlichen Wesen einzulösende Erwartung, die all deine Gedanken und Empfindungen ineinanderschmelzen läßt und deinen ganzen Leib erfaßt. Starr siehst du auf die schaukelnde Masse der sich flächig überlagernden Gestalten, die jetzt den Bahnsteig füllen und vom Lautsprecher willkommen geheißen werden.

Ja, in diesem verheißungsvollen Traum, in dieser hoffnungsfrohen Erwartung hättest du weiterleben sollen, aber so langsam ein Zug auch in den Bahnhof einfährt, irgendwann kommt er zum Stehen, und der angstvoll und sehnlichst Erwartete steigt aus, löst sich aus der Traumwolke, die ihn umhüllte, und wird ein Gebilde aus Fleisch und Fett und Muskeln und Sehnen und Blut, wird ein fleischliches Wesen mit eigenen, nicht weniger maßlosen Träumen, die mit den deinen wenig gemeinsam haben, und auch du wirst für ihn keine Traumgestalt bleiben können, es wird nicht lange dauern, und ihr werdet euch berühren, erst mit Blicken, dann mit Händen, er wird dich auf beide Wangen küssen, knapp neben den Mund, und mit sich fortziehen, in der Metro werdet ihr auf zwei Klappsitzen nebeneinander sitzen und die Außenseite er des linken, du des rechten Schenkels aneinanderpressen.

Die Geschichte, ihr äußerer Teil, die Bewegung zweier fortan durch unsichtbare Fäden miteinander verbundener Körper durch Raum und Zeit, wird beginnen. Sie wird euch zunächst in ein »gutes« Viertel, und dort in eine heruntergekommene Ein-Zimmer-Wohnung in einem zehnstöckigen Neubau aus den siebziger Jahren führen, die Stofftapete wird in bordeauxroten, haarigen Lappen von den Wänden hängen und an einer Stelle, über der Zimmertür, ganz fehlen, das birnenförmige Loch, das durch die fehlende Tapete entstanden ist, wird mit einem zu kleinen, helleren Flicken überklebt sein, die fleckige Fensterfront, die über die ganze Breite des schmalen Zimmers reicht, wird verdeckt sein von einem schmutziggelben Vorhang und dahinter einer gräulichen Gardine, aber all diese Einzelheiten wirst du erst am nächsten Morgen bemerken. Ihr werdet in einer gemeinhin unter dem Namen Realität bekannten Provinz gelandet sein. Aber wie eigenständige Wesen, wie von euch abgelöste Gedankenblasen, werden eure Liebesträume, eure Traumvorstellung des anderen sich kaum je überlagernd fortexistieren und sich ein Jahr lang neben euch und eurem wirklichen Leben herbewegen.

11

Es gibt ein Schwindelgefühl, ja, ein Grauen, das den Zurückblickenden, den Sich-Erinnernden erfaßt, wenn er die Vergangenheit, wie sie ihm im Gedächtnis geblieben ist, mit seinem gegenwärtigen Wissen über das, was noch kommen würde, konfrontiert – über das, was noch kommen würde, wovon nichts zu erahnen war, oder vielleicht doch? und was dann tatsächlich auch gekommen ist. Es ist das gleiche Schwindelgefühl, das einen überkommt, wenn man sich zu vergegenwärtigen versucht, womit ein Mensch beschäftigt war, welche Sorgen er hatte, bevor er bei einem Erdbeben, durch ein plötzliches Herzversagen, durch ein heranbrausendes Auto zu Tode kam. Uns schaudert bei diesem Gedanken, weil wir erfahren müssen, daß die Vergangenheit, unsere persönliche Vergangenheit nicht ein für allemal vergangen, unveränderlich und wie in Bronze gegossen ist, sondern jederzeit von den Erkenntnissen der Gegenwart in ein völlig anderes, ungeahntes, erschreckendes Licht gerückt werden kann. Die Gegenwart macht uns die Vergangenheit suspekt.

Aber vorerst will ich so tun, als sei die Vergangenheit noch die Zukunft und als sei mir das Kommende unbekannt. Die Geschichte fängt an – vielmehr hatte sie ohne mein Wissen und ohne mein Zutun schon lange vorher angefangen, ahnungs- und wehrlos war ich zu einer ihrer beiden Hauptfiguren geworden, und was nun begann, war nur jener kurze Teil der Geschichte, den ich selbst als Handelnde und Fühlende und Denkende erleben sollte.

An jenem ersten Abend, nachdem ich den Ritter, wie ich ihn fortan nennen will, um ihn nicht immerzu als den »späteren Enguerrand« oder »den Enguerrand aus dem verworfenen Manuskript« bezeichnen zu müssen, als ich also den Ritter an jenem Abend vom Bahnhof abholte, sollte ich erfahren, daß dieser unscheinbare, konturlose, von mir zunächst nur flüchtig wahrgenommene Mann seit sechs Jahren, seit jenem Augenblick, da ich ihm die Tür für das bereits erwähnte Interview geöffnet hatte, mich als die ihm Zugedachte, als seine Frau und Geliebte erkannt hatte und daß seither kein Tag vergangen war, an dem er nicht an mich gedacht, keine Nacht, in der er mich nicht an seiner Seite erträumt hatte.

Gibt es das? Genügt es, daran zu glauben? Jedem kann man Derartiges jedenfalls nicht erzählen. Mir schon.

Ungläubig, aber im Grunde schon erlegen, fragte ich ihn, warum er, der er doch allein lebte und mit niemandem verbunden war, nie etwas unternommen habe, um mich wiederzusehen.

Er habe an jener in meiner Wohnung verbrachten knappen Stunde verstanden, daß ich ihn nicht sah, daß ich mit Kopf und Herz woanders war. Niedergeschlagen wie noch nie in seinem Leben sei er damals von mir gegangen, denn er habe gewußt, daß alle Anstrengungen, die er hätte unternehmen können, um mich für ihn zu gewinnen, umsonst gewesen wären und mich nur gegen ihn aufgebracht hätten, da ich im Bann eines anderen stand und blind für ihn war.

Konnte es sein, daß so das Geheimnis aussah, das ich seit kurzem hinter seiner nichtssagend wirkenden Erscheinung vermutete? Konnte es sein, daß dieses Nichts-Sagen ein Viel-Verschweigen, das Verschweigen einer Liebe war?

Ich fragte ihn, warum er denn auch nicht später, auch nach drei, vier, fünf Jahren nicht versucht habe herauszufinden, wie mein Leben aussah und ob ich noch immer im Bann eines anderen stand.

Er habe gewußt, daß seine Stunde kommen und er mich eines Tages wiedersehen würde, aber er habe diese Begegnung dem Zufall überlassen wollen, nur ihm, dem Zufall, habe er vertraut, und tatsächlich habe er uns nach sechs Jahren wieder zusammengebracht.

Heißen die Hauptfiguren der Erzählung vielleicht

Héloïse und Abelard oder Romeo und Julia? Um nicht zugeben zu müssen, daß ich noch im selben Augenblick vollständig der unzeitgemäßen Romantik dieser Geschichte erlegen war, hatte ich im *Armer-Ritter*-Manuskript ein skeptisches Lächeln über Léas Gesicht ziehen lassen.

Im »wahren«, also, wie diese Geschichte zeigen wird, zu großen Teilen erträumten Leben, zog der Ritter, wie um seine Enthüllungen zu unterstreichen, jetzt eine jener blauen Tassen hervor, die, beschriftet mit den verschiedensten Namen, an allen Souvenir-Ständen Frankreichs zu haben sind. Dieses touristische, mit meinem auch in Frankreich geläufigen Vornamen beschriftete Massenprodukt, das er vor Jahren erstanden hatte, legte er mir in die Hände, und der Anblick dieser Tasse rührte mich mehr, als ich heute gerne zugeben möchte und als ich der fiktiven Léa zugestand, zumal ich seinen Worten entnahm, daß er eine zweite, mit seinem eigenen, seltenen Namen beschriftete und deshalb in dem Souvenir-Laden nicht vorrätige Tasse eigens hatte anfertigen lassen, daß es also ein Tassenpaar gab, das jahrelang in einem Küchenschrank darauf gewartet hatte, von den Trägern der auf ihm zu lesenden Namen in Benutzung genommen zu werden.

Ein Tassenpaar! Ich sehe Léa, oder ist es der Leser, nach Worten ringen, um ihrem Widerwillen über so viel Kitsch Ausdruck zu geben, dabei habe ich ihnen bislang vorsätzlich jenes rosafarbene Büchlein über meinen Vornamen vorenthalten, das er später noch aus seinem Ziehköfferchen ziehen sollte und das schon jenseits des Kitsches war, ein kindisches Erzeugnis der Geschenkindustrie, das er Jahre zuvor auf einem Flohmarkt aufgelesen hatte und das ich zwar mit einiger Befremdung, aber doch ohne mich zu sträuben, eher mit liebevollem Kopfschütteln entgegennahm.

An dieser Stelle gewinnt die Vorgeschichte an Bedeutung, meine eigene, ritterlose Vorgeschichte, von der ich in den ersten Seiten dieser Erzählung eine Kurzfassung zusammengeschneidert und Léa angezogen habe. Hatte meine Doppelgängerin Léa in den vergangenen Jahren nicht schon ein äußerst aufreibendes Liebesduell hinter sich gebracht? Hatte nicht ein sogenannter Vladimir sie noch lange, nachdem es ihr endlich gelungen war, den Kampf zu beenden, mit seiner in Haß umgekippten Liebe verfolgt? Und die ganze Zeit über hatte jemand auf uns gewartet! Jemand, in dem wir in unserer Verblüffung und Begeisterung augenblicklich einen ernsten, zuverlässigen, treuen Herzensfreund, eben einen Ritter sahen, der er übrigens tatsächlich war, was ich aber erst gegen Ende der Geschichte erfahren sollte, als er mich darüber aufklärte, daß er innerhalb der Hierarchie des französischen Adels den Titel des Chevaliers, also des Ritters, trug, was ein niedriger Adelstitel sei, eine

Unterscheidung, die aber nicht viel zu bedeuten habe, denn es komme weniger auf den Titel an als auf das Alter des Geschlechts, also darauf, wie weit die Geschichte einer Familie zurückzuverfolgen sei, und unter diesem Gesichtspunkt sei er in der Adelspyramide ganz oben angesiedelt.

Daß natürlich jeder, der es bis in die Gegenwart geschafft hat, notwendigerweise auf Vorfahren verweisen kann, die bis in eine ferne Vergangenheit, ja, bis zu Adam und Eva zurückreichen, auch wenn sich dafür keine Belege mehr finden lassen, schien mir eine Selbstverständlichkeit, die anzumerken mir nicht eingefallen wäre, genauso wenig wie mir einfiel zu glauben, daß jemand ernsthaft seiner Abstammung oder gar einem Adelstitel eine besondere, die Wichtigkeit seiner Person bezeugende Bedeutung zumessen könne.

Einstweilen war ich wie erschlagen von der Vorstellung, daß ich jahrelang von der mir geltenden Neigung, um nicht zu sagen Obsession, nichts geahnt und wie ein blindes Huhn in dem Hühnerschlag meiner eigenen Liebesobsession gelebt hatte. Es war eine Vorstellung, die mich nun, da der Ritter in seiner Ein-Zimmer-Burg vor mir saß, beglückte, mich zugleich aber auch erschreckte, nicht nur, weil ich fast noch im selben Augenblick vor mir sah, wie anders die vergangenen Jahre hätten verlaufen können, wenn ich diesen Mann, als er mich an jenem Frühlingsnachmittag besuchte, wahrgenommen und nicht gleich wieder vergessen hätte, sondern es war mir auch in einer Nische meines Hirns – die ich vielleicht im nachhinein erst eingerichtet habe –, als hätte statt eines treu an mich denkenden Geliebten ebenso gut ein Mörder über lange Zeit unerkannt neben mir herleben und sich seinen auf meine Person gerichteten Mordphantasien hingeben können.

12

Drei Tage nach jener ersten Enthüllung der Körper und der Seelen fuhr ich für ein Vierteljahr nach Italien.

Ein Vierteljahr! höre ich Léa schreien. Mir hast du gerade mal vierzehn Tage gegönnt.

Ein Vierteljahr, fahre ich unbeirrbar fort, in welchem ich den Ritter nur vierzehn Tage sah – eben jene vierzehn Tage, die er im Süden an meiner Seite oder vielmehr an allen meinen Seiten verbrachte und für die ich in dem mißratenen *Armer-Ritter*-Roman das etwas abgenutzte Bild der meistens zugeklappten Fensterläden verwendet hatte. In der kurzen Zeitspanne, in der die Fensterläden aufgeklappt waren, konnte man die frischgrünen Weinreben und das matte Silber der harten Olivenbaumblätter sehen, außerdem die Dorfstraße, die zwischen den fast senkrecht übereinandergeschichteten alten Lehmhäusern hindurchführte und auf der ein kunstvoll gemusterter Teppich aus Blütenblättern gestreut worden war. Vom nächsthöheren Dorf näherte sich langsam eine unsichtbare Prozession und in deren Mitte eine Blaskapelle, die immer dieselbe feierliche, eindringliche, anschwellende Melodie spielte, auf welche die inbrünstig-eintönigen Stimmen der Pilger antworteten, im Dorf spritzte ein Priester mit sichtlichem Vergnügen Weihwasser auf die quietschenden Kinder und die augenzukneifende Menge, und eine alte Frau mußte ihre Brille abnehmen und putzen, so wie ich heute eine nicht vorhandene Brille absetzen und mir die Augen reiben muß, wenn ich an jene Bilder aus gar nicht ferner Zeit, aber nicht nur aus einem anderen Land, sondern wie aus einem anderen Leben denke.

In dem *Armer-Ritter*-Manuskript folgen nun endlose Seiten, in denen nicht etwa Augenblicke des Glücks, sondern regelrecht glückliche Zeiten beschrieben werden, aber das Glück ist eine harte Nuß, es welkt wie ein abgebrochener Fliederzweig, es bockt, sobald es merkt, daß es gefangen werden soll. Aus dem Papierkorb betrachten mich die glücklichen Tage, die glücklichen, mißratenen Seiten.

Bis auf das Eigentliche, Wesentliche, das sich erst zum Schluß zeigen wird, war alles von Anfang an klar. Es war klar, daß dies des Ritters große Liebe war, daß nun sein lang ersehnter Wunsch in Erfüllung gehen, sein Traum Wahrheit werden würde, und es war ebenso klar, daß ich lange auf Irrwegen gewesen war und daß ich nun, Vorhang auf, den mir in meiner Blindheit bislang verborgen Gebliebenen endlich gesehen hatte. Es war klar, daß wir einander gefunden hatten und nicht mehr verlassen würden.

Was den Ritter beunruhigte, war die Frage, ob ich die Einsamkeit, in der er lebte, ertragen würde. Er zeigte mir Fotos seines Hauses, na, sagen wir ruhig, Schlosses (in dem mißglückten Manuskript hatte ich in schamhafter Untertreibung ein großes, immerhin herrschaftliches Haus in der Normandie oder Picardie daraus gemacht), auf der Luftaufnahme waren das Rokoko-Gebäude, daneben die ehemaligen Stallungen, der Taubenschlag und dahinter ein kleiner See zu sehen. Das Anwesen war umringt von Bäumen, das nächste Dorf eine Gehstunde entfernt. Es gebe keine Kinos, sagte er, kein Theater, keine Läden. Ob ich mir wohl trotzdem vorstellen könne, fragte er ängstlich, dort zu leben?

Ich lachte über diesen Märchenprinzen, der sich Sorgen darüber machte, ob sein Märchenschloß der Prinzessin wohl auch genehm sei.

Kannst du dir nicht stattdessen eine Reihenhaushälfte in einer Vorort-Neubausiedlung zulegen? fragte ich vergnügt. In einem Schloß gibt es so viel abzustauben.

Meine Ängste gingen in eine andere Richtung. Ich fürchtete mich vor des Ritters langem Traum, vor den Jahren, die er mit mir zugebracht hatte, ohne mich zu kennen. Kann man jahrelang einem Traum nachhängen, ohne von der Wirklichkeit, wenn sie dann in der Tür steht, enttäuscht zu werden? Wie schön und klug und bezaubernd müßte man sein, um mit einem Traum rivalisieren zu können? Und obwohl mir der Ritter versicherte, die Wirklichkeit sei im Gegenteil ungleich schöner, geheimnisvoller und sinnlicher als jeder Traum, auch vielfältiger, und alles, was er sich die ganzen Jahre über vorgestellt hatte, sei verblaßt neben dem inzwischen mit mir Erlebten und der Vorstellung des Vielen, des unendlich Vielen, was noch gemeinsam zu sehen und zu spüren und zu hören sei, obwohl er mir versicherte, ihm sei schwindlig vor glücklicher Erwartung, wenn er an diesen unerschöpflichen Schatz von Empfindungen und Erfahrungen denke, saß mir doch immer die Traumversion meiner selbst als Nebenbuhlerin im Nacken.

Kein Zweifel, es waren neue, glückliche Zeiten angebrochen, das Leben würde schön werden, wir würden es gemeinsam verbringen, nach drei Monaten würde ich aus Italien zurückkehren, wir würden alles nachholen, was wir in den letzten sechs Jahren versäumt hatten, früher oder später würden wir zusammenleben und womöglich, der Ritter hatte bereits diesen Wunsch geäußert, heiraten.

Warum war er aber in jener ersten Zeit jedesmal, wenn wir uns trennten, so maßlos unglücklich? Er schien untröstlich, als wir uns nach unseren ersten beiden Tagen und Nächten in Paris an der Metro-

Station Falguière voneinander verabschiedeten, und tatsächlich erzählte er mir später, er sei, nachdem mich der Metroschlund verschluckt hatte, halb bewußtlos vor Unglück an der langen Mauer des Hôpital des Enfants Malades wie an einer endlosen Gefängnismauer entlanggeschlichen oder -getorkelt. Diese übergroße Traurigkeit hatte ich in meiner Eitelkeit darauf geschoben, daß er nun, da wir uns endlich gefunden hatten, nicht mehr ohne mich sein konnte, sei es auch nur für kurze Zeit. Trotzdem war da etwas Maßloses in seiner Trauer, was ich nicht begriff, war es doch eine Zeit der Freude, Italien war nicht weit, wir würden uns gewiß ein- oder zweimal sehen können in diesen Monaten, das Vierteljahr würde schnell vorübergehen, wir würden uns schreiben und nacheinander sehnen. Er aber war unglücklich. Es schien ihm äußerst ungewiß, ob er mich in Italien würde besuchen können. Ich lernte, daß man ein Schloß nicht wie ein gewöhnliches Haus einfach zuschließen und auf Reisen gehen kann. Es gab weder Hausmeister noch Chauffeur, weder Köchin noch Gärtner; in Ermangelung jeglichen Personals erklärte sich manchmal des Ritters Schwester bereit, für die Dauer seiner Abwesenheiten bei ihm einzuziehen. Und tatsächlich hatten wir es am Ende ihr zu verdanken, daß er für vierzehn Tage zu mir nach Italien fahren konnte.

Als er wieder abreiste, um seine Schwester zu erlösen, begleitete ich ihn an die Stazione Termini. Der Überlandbus, der uns nach Rom brachte, mußte an einer Kreuzung halten und kam dabei mit der Nase direkt vor dem Eingangstor einer Kirche zu stehen, aus welchem gerade in diesem Augenblick der Priester trat und, den Bus erblickend, ihn mitsamt seinen Insassen, uns beide eingeschlossen, segnete.

13

Wie wäre es eigentlich, Léa, wenn ich die guten Zeiten weiter auf meine eigene Kappe nähme und dich für die schlechten Zeiten aufbewahrte?

Ich frage sie das, weil ich sie schon das ganze letzte Kapitel über aus den Augenwinkeln ungeduldig auf- und abtrippeln sah. Aber noch möchte ich den Stab nicht abgeben, noch gibt es nichts zu verleugnen oder zu beschönigen, in dieser Geschichte braucht das Schöne nicht beschönigt und das Abscheuliche nicht abscheulicher gemacht zu werden, auch ohne Übertreibungen schlägt sie in beide Extreme aus. Also warte es ab, Léa, deine Stunde wird vielleicht kommen, aber noch ist es nicht so weit, noch brauche ich mich hinter niemandem zu verbergen.

Aus Italien zurück, fuhr ich an einem verregneten, kühlen Sommertag zum ersten Mal zu dem Ritter in die Normandie oder meinetwegen in die Sologne. Mit seinem uralten Citroën oder Mercedes holte er mich am Bahnhof eines Städtchens ab, das nicht Sées hieß wie in dem mißratenen Manuskript und auch nicht an der Orne lag. Der Regen war fein und dicht, wir waren beide sehr aufgeregt. Von diesem ersten Besuch schien für ihn so vieles abzuhängen: Würden mir sein Lebensort, dieses verwunschene Haus im Wald, in dem er Kind gewesen war und gegen dessen Verfall er mit all seinen Kräften und Mitteln, stützend, rettend, Dächer neu deckend, Kacheln aufbewahrend, sein halbes Erwachsenenleben über angekämpft hatte, würde mir sein Märchenschloß »gefallen«?

Wir durchquerten das Städtchen, und ich wandte den Kopf nach beiden Seiten, um den Zeitungsladen und die Bäckerei zu sehen, wo er die ganzen Jahre über eingekauft, die Straßen und Häuser, in deren vertrauter Nähe er gelebt hatte, und auch hier war es wieder die Vorstellung, daß dies alles existiert hatte und von ihm gesehen worden war, während ich nichts davon ahnte, es war diese unbegreifliche Gleichzeitigkeit aller Dinge, die mir einmal mehr bewußt wurde und mich erstaunte? ängstigte? erschütterte?

Am Ende einer langen Pappelallee bogen wir von der Landstraße rechts in einen Feldweg ein, der an einem Gehöft vorbeiführte und dann im Wald verschwand. Als dieser sich wieder lichtete, war mir, als hätte ich eine Geheimtür aufgestoßen und die Schwelle zu einer anderen Welt passiert. Und nichts von dem, was später geschah, ist es gelungen, die von Vogelstimmen belebte Stille, die in jenen ersten

Augenblicken herrschte, die große, Ehrfurcht einflößende Schönheit des Ortes, wie sie sich mir darbot und noch immer jederzeit in meiner Erinnerung darbietet, zu beeinträchtigen. Es ist im Gegenteil, als habe die Abscheulichkeit des Späteren die von allen Blicken abgeschirmte, zauberische Schönheit des Ortes noch hervorgehoben.

Vor mir stand wie eine Traumerscheinung, flankiert von einer gewaltigen, ihre baumlangen Äste beinahe parallel zur Erde von sich streckenden Zeder, das Haus. Vielmehr das Schloß, auch wenn es neben dem Riesen, in dessen Obhut es stand, fast winzig erschien. Vor beiden Längsfassaden erstreckte sich eine breite Wiesenfläche, eine grüne Schneise, die der lange Morgen- und Abendschatten des Gebäudes in den Wald geschnitten zu haben schien. Wiesen und Haus waren umgeben von Bäumen, und so lange man sich in dieser riesigen Laubschatulle befand, gab es keine Menschen mehr auf der Welt; kein Schornsteinqualm, kein vorüberfahrendes Auto, kein nachbarlicher Gartenzaun war zu sehen, die lärmende Menschheit hatte sich verabschiedet, man war vollkommen allein. Allein mit einem Hofstaat von Pfauen, die in gebührender Entfernung würdevoll durch den Sprühregen staksten, ihre langen Schweife schwer und von der Nässe verklebt hinter sich her schleifend, und mit einem Huhn, das sich unter die Edelleute verirrt zu haben schien und mit nervösem Kopfzucken Körner aufpickte. Der Himmel, angefüllt mit der urzeitlichen Polyphonie unsichtbarer Vögel, bestäubte uns mit warmem Regen. Der Ritter stieg ein paar Stufen hinauf und öffnete die Tür, ein beleibter, goldblonder Hund kam hinausgewedelt und schleckte mir über beide Hände. Ich sah mich noch einmal um, sog feuchte Waldluft ein und trat über die Schwelle.

Die heimgeführte Prinzessin, als welche ich behandelt wurde – eine Rolle, in der ich mir zugegebenermaßen nicht schlecht gefiel –, stand nun, aus einem düsteren Korridor entlassen, in einer nicht sehr geräumigen, mit einem großen Tisch und schweren, alten Büffets versehenen Küche, an deren Wänden und Decke sich Feuchtigkeit angesammelt hatte, so daß die hellblaue Farbschicht sich überall in großen Bruchstücken löste. An den Fenstern hingen verblichene Vorhänge, die mehr nach Oberbayern als in ein normannisches Manoir oder ein Burgund-Schlößchen gepaßt hätten. Und warum gab es so viele Küchenuhren? Mich fröstelte. Der Ritter warf mir unruhige Blicke zu. An der hinteren Seite der Küche führten zwei Türen tiefer ins Hausinnere.

Der erste Raum, durch den wir kamen, war ein großes Schlafzimmer mit einem Louis-Philippe- oder Louis-XV- oder Empire-Himmelbett und einem mächtigen, von Büchern überquellenden Schrank, neben dem sich auf dem Boden weitere Bücher und

Zeitschriften türmten. Vor zweien der drei Fenster waren die Läden geschlossen, eines war sogar derart zugestellt, daß an ein Öffnen des Ladens gar nicht mehr zu denken war. Ein Abendmahl aus einem fernen Jahrhundert hing als Zeugnis eines kindlich-frommen, aus unseren heutigen Gemütern verschwundenen Glaubens an der Wand. Fast alle weiteren Räume, durch die der Ritter mich führte, waren unbewohnt, aber keineswegs unmöbliert, vielmehr randvoll mit Stilmöbeln, Vasen, Fayencen, Gemälden und Stichen. Auf den Tischen stand, zur Verzierung oder weil es in die Schränke nicht mehr hineingepaßt hatte, Sèvres- oder Limoges-Geschirr. Überall stapelten sich Bücher. Und überall häuften sich, zu hohen Sträußen zusammengerafft oder auf Tischen durcheinandergeworfen, die langen, schillernden Pfauenfedern.

Befangen ging ich durch die klammen Räume, in die kein Tageslicht drang und die von elektrisch betriebenen Lüstern in ein gelblich-trübes Dämmerlicht getaucht wurden. Ich fragte mich, warum der Ritter nicht wenigstens für die Dauer dieses Erkundungsganges die Fensterläden öffnete, aber ich bat ihn nicht darum. Vermutlich hatte er so viele Fensterläden geöffnet und wieder geschlossen in seinem Leben, daß er heute einfach genug davon hatte.

Das Erdgeschoß, bei dem wir es für diesen ersten Rundgang beließen, war, bis auf die Küche und zwei angrenzende Zimmer, hergerichtet wie ein auf unbefristete Zeit geschlossenes Museum, ein Museum, das nie besichtigt wurde und in dem auch gar keine Besucher erwünscht gewesen wären.

Der Ritter schien in immer größerer, nicht ganz unbegründeter Sorge, die es weniger mir, als der Flasche Wein, die zum Mittagessen entkorkt wurde, zu lindern gelang. Während ich an dem Tisch saß, unter dem der Hund brummte und schnaufte, begann ich mich sehr langsam an die Küche mit ihren klobigen, vielleicht vor einem Jahrhundert gezimmerten Möbeln, mit ihren Sammlungen von Tiegeln und Dosen, Holzbrettchen und alten Salatschleudern aus Draht, eben mit ihrem ganzen abgenutzten Küchenkrimskrams, zu gewöhnen.

Am Nachmittag legten wir uns in das Bett, von dessen hoher Liegefläche man auf einen gerafften, hellgrünen Himmel sah, einen engen Faltenhimmel, dessen Mitte einer Knospe oder mehr noch einem übergroßen After glich. Hinter den Mauern stießen die Pfauen gellende Schreie aus, die das ganze Haus und den Himmel draußen und den Himmel drinnen erfüllten, das Bett versank in den Falten und seufzte, ein Windspiel, das als Zwergenspielzeug in der Zeder hing, versandte seine kaum vernehmbare Sphärenmusik, die Zeit drehte sich um die Himmelsachse, und die Zeder ächzte leise.

Es hatte aufgehört zu regnen, als wir das Empire-

Bett oder Bett-Empire verließen und den umliegenden, von dem Ritter »Park« genannten Wald zu durchstöbern begannen, der aber mehr Ähnlichkeit mit einem Dschungel hatte als mit dem Jardin du Luxembourg. Der Ritter erklärte seiner Prinzessin aus der Stadt die Bäume: die Eibe, die als einziger Nadelbaum, wenn man sie absägt, vom Stamm wieder ausschlagen kann, die Hainbuche mit ihrer glatten Rinde und ihrem harten, schweren Holz, die Erle, *alnus glutinosa*, wie der Ritter, der alle Bäume auch mit ihrem lateinischen Namen kannte, sie nannte, mit ihrem schwarzen Stamm und ihren klebrigen jungen Trieben, die ein bißchen obszön wirken und früher in den Häusern als Fliegenfänger verwendet wurden.

Der Wald verwandelte den Ritter, seine Aufmerksamkeit galt nicht mehr mir, sondern fast ausschließlich den Gewächsen und den Spuren der Tiere, was ich bedauerte und was mir im selben Maße auch gefiel. Er sah die Krankheiten der Bäume, die Fuchslöcher und die abgebrochenen Äste, und mit der großen Zange oder Heckenschere, die er mit sich trug, kappte er die Schlingpflanzen, die sich wie harte, haarige Schlangen um die Stämme rankten und den Bäumen die Luft abschnürten.

Spät kam noch die Sonne heraus. In der Abenddämmerung sahen wir den Rehen zu, die wenige Steinwürfe vom Haus entfernt grasten und Verfolgungsjagd spielten. Einer der Pfauen fächerte seinen

Schweif auf und bemühte sich, offenbar probeweise oder von seinen Instinkten fehlgeleitet, mit dem Prunk seines in der Abendsonne leuchtenden Federrades das verdadderte Huhn oder mich, die ich dahinter stand, zu verführen. Wieder und wieder ließ er, wie um die letzten Regentropfen abzuschütteln, dabei ein Geräusch raschelnden Laubes erzeugend, seinen Federfächer erbeben. Über seinem Kopf schwebte ein zarter, komischer Kamm. Ich sah in seine türkisblauen, seidigen Augen, von denen es mehr, als ich zählen konnte, gab.

14

Das Ich ist die Person, die einem am ehesten abgenommen, ich meine, geglaubt wird, während sie einem leider in einem anderen, entlastenden Sinne, nie abgenommen wird. Wer käme schon auf die Idee, hinter diesem Prinzessinnen-Ich nicht mich (Sie wissen schon, wen) zu vermuten?

Aber bin ich es wirklich? Bin ich es wirklich gewesen, die in jenem Schloß in einem Himmelbett schlief und am nächsten Morgen das Holzhacken beigebracht bekam, vielmehr, die vorgab, zum allerersten Mal in ihrem Leben Holz zu hacken, um unser beider Genuß an dieser Holzhacklektion nicht zu schmälern? War ich es, die dem Ritter dabei zusah, wie er, auf den ersten Blick jeden Holzscheit einer Baumart zuordnend, die nicht zu harten und von Astlöchern freien Scheite für mich aussuchte und auf den Hackklotz stellte, war ich es, die mir von ihm zeigen ließ, wie ich die Axt halten, aus welchem Abstand ich zuschlagen sollte?

Habe ich je von einem Märchenprinzen geträumt, geschweige denn von einem Schloß, bin ich nicht in

Versailles immer draußen im Park geblieben, habe ich nicht auf Reisen immer Kirchen und Museen betreten und Schlösser gemieden? Ganz ehrlich, finden Sie, daß ich etwas Backfischhaftes habe? ... Also gut. Wenn Sie es sagen.

Jedenfalls war nicht ich es, sondern der Hund, der neben dem Holzschuppen im Gras lag und irgendwann aufsprang, um mit dem Huhn zu spielen, das mit ausgebreiteten Flügeln erschrocken zurückwich. Der Hund lief hinterher und stupste es freundlich mit der Schnauze, aber das Huhn verstand keinen Spaß und gackerte erbärmlich, und jemand, der womöglich ich war, wandte sich ab und spaltete mit einem einzigen wuchtigen Hieb einen Holzscheit von oben bis unten.

Tun wir weiter so, was bleibt uns übrig, als sei ich es gewesen. Der Hund folgte uns in den vor Nässe glänzenden Wald, wir hielten uns nicht an den Händen, suchten vielmehr jeder seinen Weg durch das Gestrüpp, in dem sich unsere Knöchel verfingen, unter abgebrochenen, kreuz und quer liegenden Stämmen hindurch, zwischen den bis auf den Boden reichenden Lianen. Eine kleine Böschung führte in eine mehrere Schritte breite Vertiefung, eine Art natürlichen Graben hinunter, und in dieser Kuhle gingen wir weiter, die Augen nun auf der Höhe des umliegenden Waldbodens, wo zwischen dem welken Laub junge Bäume ausschlugen, Ahorntriebe, sagte der Ritter, der bleich aussah im Blätterlicht und schmaler, als er war.

In der Kuhle liefen wir hintereinander, bis zwei moosbewachsene Baumstämme uns in Brusthöhe den Weg versperrten. Ich drehte mich um, und als ich, mit dem Rücken an einen der querliegenden Stämme gelehnt, den Kopf hob, sah ich einzelne, schwere Tropfen von den Blättern gleiten, die, um ihre nasse Last erleichtert, sachte hochwippten. Auf den Farnen lagen quecksilbrige Wassertropfen. Es roch nach feuchter Erde. Mit krächzender Stimme schlug ein Eichelhäher Alarm.

Während unsere Hosen sich um unsere Knöchel ringelten und langsam mit Regenwasser vollsogen, während ich das Gewicht meines rechten Schenkels in des Ritters linker Hand spürte, lag neben uns auf der welken Laubdecke ein frisches, zartgrünes, vom Wind abgerissenes Buchenblatt, an dem mein Blick sich eine Weile festhielt, bevor er weiterschwankte und sich in einem näheren, dichteren Wald verlor, in des Ritters Haar, das hell und dunkel war und warm, und der Urwald um uns herum keuchte und dehnte sich und zog sich zusammen von den tief in die Erde gekrallten Wurzeln bis zu den ineinandergewachsenen Kronen, als ich die naßrauhe Zunge des Hundes wieder und wieder über meine linke Wade gleiten spürte. Im fernen Geäst hämmerte ein hungriger Specht an einen hohlen Baum.

15

Und wenn ich stattdessen doch eher jene ganz und gar zurückgezogen lebende, tagelang nicht vor die Tür gehende, auf ihre Freundin Léa und deren bewegtes Gefühlsleben ein bißchen neidische Schriftstellerin wäre, deren Rolle ich mir in dem verworfenen Manuskript zugedacht hatte? Auch diese muß ich wohl gewesen sein, denn ihr einsames Stillsitzen inmitten der tobenden Stadt ist mir vertraut, und das Wenige, was ihr im Manuskript widerfuhr, ist auch mir widerfahren.

Jene Schriftstellerin, in deren Haut ich mich, wenn auch nicht wohlfühle, so doch, scheint mir, mit größerer Natürlichkeit als in Léas fiktiver Haut bewege, was vielleicht auch damit zu tun haben mag, daß ich in ihrer Wohnung lebe und ihre Kleider trage, jene Schriftstellerin also ging in demselben Sommer, in dem Léa zu ihrem Schloßherrn fuhr, gegen Mitternacht noch auf die Straße, um in der nahen Rue Montorgueil auf einer Caféterrasse ein Bier zu trinken. Dort traf sie den Inhaber des Blumenladens, der mit einem Freund zusammensaß und schielte und ein steifes Bein hatte. Sie wechselten ein paar Worte von Tisch zu Tisch, und nach einer Weile stand der Blumenverkäufer auf, ging über die Straße zu seinem Blumenladen hinüber, ließ geräuschvoll den Eisenvorhang auf halbe Höhe hinaufrattern, bückte sich darunter hindurch und kam nach einer Weile mit einer jener aufgetakelten Orchideen, die sich als seltene, exotische Geschöpfe ausgeben, obwohl sie millionenfach gezüchtet werden, wieder heraus. In doppelter Hülle (dunkelgrün und durchsichtig) bekam sie die langbeinige Blume überreicht. So sahen in diesen Jahren ihre Liebesidyllen aus.

Weder Léas von Anfang an unmögliches, später ins Unerträgliche abrutschendes Verhältnis zu dem sogenannten Vladimir noch das anschließende Schloßfräulein-Märchen hätten im Leben jener Schriftstellerin vorkommen können, oder höchstens als Hirngespinste, als Erzählphantasien, denn sie verbrachte ihre Zeit in erträumten Welten. Diese Zweiteilung oder Gespaltenheit – die eine lebt, die andere schreibt – ist nicht erfunden.

Wenn die Schriftstellerin tagsüber einmal auf die Straße ging, traf sie ihren Nachbarn Dov. Dov, dessen Name mit offenem, schon fast dem »a« zuneigenden »o« wie in »Lord« oder »Morgen« und mit weichem »v«, also mit »w« ausgesprochen wurde, war ein Israeli marokkanischer Abstammung. Er lebte in der Rue Saint-Sauveur in einem Altersheim, und wenn die Schriftstellerin, oder der Teil von mir, der sich manchmal einbildet, eine zu sein, ihm auf der Straße begegnete, trug er einen Rucksack über der Schulter, aus dem ein dünner, sich am Ende verzweigender Schlauch kam und in seinen Nasenlöchern verschwand. Seine Pupillen waren, vermutlich von den Medikamenten, die er nahm, derart erweitert, daß sie fast die ganze Iris auffraßen und seine Augenfarbe nicht mehr zu erkennen war, was seinen Augen einen Ausdruck des Erstaunens oder Schreckens gab. In Begleitung der Flasche, die immer auf einem Stuhl neben ihm saß oder an der Bar des »Sans Souci« neben ihm auf dem Boden stand, verbrachte er den halben Tag auf verschiedenen Caféterrassen und kannte alle einsamen und mehr oder weniger verlorenen Gestalten des Quartiers, zu denen sich die Schriftstellerin Mühe gab, nicht zu zählen, weshalb sie ihn manchmal, wenn auch mit schlechtem Gewissen, lieber mied.

Dov war anderthalb Köpfe kleiner als sie, die nämlich eine große Schriftstellerin war, hatte ein gutmütiges, offenes Gesicht und war immer sehr sorgfältig und sauber gekleidet. Seit er im Altersheim wohnte und die Luft zum Atmen aus Flaschen bezog, hatte er alle Brücken hinter sich abgebrochen, er sah weder seine Frau mehr, noch seinen Sohn, noch seine Freunde, von denen er früher viele gehabt hatte. Von all diesen Menschen war er abschiedslos und ohne eine Adresse zu hinterlassen geschieden, war einfach von einem Tag zum anderen verschwunden. Und warum? Weil er es nicht ertragen hätte, sagte er, wenn sie ihn in seinem jetzigen Zustand hätten sehen können, und es vorzog, beim Alt- und Krank-Werden und Sterben alleine zu sein. Wie ein Tier hatte er sich, als er das Ende näher rücken fühlte, verkrochen. War das weise? War das feige? War das klug oder dumm? Sie wußte es nicht zu entscheiden, als er ihr eines Nachmittags seine Geschichte erzählte; einerseits hatte die Absolutheit seiner Entscheidung eine gewisse Größe, andererseits schien es, als habe er sie aus reiner Eitelkeit getroffen. Sie faßte Zuneigung zu dem alten Mann, der keiner sein wollte, und allenfalls Fremden gegenüber zugab, daß er einer war.

Erfreulicherweise war die Schreibende auch eine Lesende, und als solche erlebte sie alles, was den Heldinnen und den Helden der von ihr gelesenen Romane widerfuhr; mit ihnen, in deren papierner Haut, starb sie die dramatischsten Tode und gab sich den heftigsten Leidenschaften hin. Ihr Miterleben ging so weit, daß sie sich die Gesten der Romanfiguren, die von manchen Autoren mit großer Genauigkeit beschrieben werden, nicht nur bildlich vorzustellen pflegte, sondern, um sie sich besser zu verdeutlichen, während des Lesens tatsächlich mitvollführte. So hatte sie einmal eine Beschreibung der

Geste gelesen, mit der ein Junge beim Wasserlassen sein Geschlecht hält, nämlich, so lange er noch Kind ist, in einer von der helfenden Mutter übernommenen Weise, die, sich über ihn beugend, den Daumen oben, die Finger unten anlegte, während dem Romancier zufolge der erwachsen werdende Knabe eine als männlicher empfundene Geste annimmt oder von Älteren abschaut und fortan sozusagen aus der Rückhand pinkelt, wobei er den kleinen Finger leicht abspreizt, damit er nicht mit dem Strahl in Berührung kommt. Die lesende Schriftstellerin war gerade dabei, mit der rechten Hand ihr nicht vorhandenes Glied zu fassen und ihren kleinen Finger vor einem unsichtbaren Strahl zu schützen, als jemand ins Zimmer trat und sie bei ihrer Pinkelpantomime ertappte.

Die Schriftstellerin erschrak, nicht nur wegen der Peinlichkeit der Situation, sondern weil in diesem nachgeahmten Halten eines eingebildeten Geschlechts, in diesem Mit- und Nachleben fremder Erlebnisse und Gesten gewissermaßen ihr ganzes nicht vorhandenes Liebesleben widergespiegelt schien. War es nicht verständlich, daß die Höhen- und Talfahrten der Romanfiguren ihr Neid einflößten?

16

Kehren wir zurück zu Léa oder zu jenem anderen, Liebesmärchen erlebenden Teil meiner selbst. Ich kannte nun das Schloß von oben bis unten und bis in den letzten Winkel. Ich kannte die neun unbenutzten Schlafzimmer, die den ersten Stock ausmachten, kannte die ehemaligen Kammern der Bediensteten im Dachstuhl, die allesamt angefüllt waren mit Bücher- und Geschirrkisten, ausrangierten Möbeln, verrosteten Lampen und Stapeln von Zeitschriftensammlungen, darunter die *Nouvelle Revue Française* und *Les Temps Modernes* in etlichen, staubigen Jahrgängen, ich kannte die Eingangshalle, von deren Wänden die glasigen Augen der Hirsch- und Wildschweinköpfe auf den seltenen Besucher hinuntersahen, kannte die Marmorkamine mit den goldumrahmten Spiegeln, den taubenlosen Taubenschlag, die orangenbaumlose Orangerie, das leere, halb verfallene Haus des Gärtners und das des Gardiens, kannte das im Wald verborgene und ganz und gar darin eingewachsene Gewächshaus mit den zerbrochenen Scheiben, kannte den Standort des verschwundenen kleinen

Pavillons, in dem sich die Spaziergänger hatten ausruhen und stärken können, kannte den ehemaligen Gemüsegarten, deren verfallene steinerne Einfriedungen wie antike Ruinen anmuteten, kannte sogar den Echostein auf der Wiese, von dem aus man, ohne besonders die Stimme zu heben, von den Schloßbewohnern und Bediensteten, wenn es sie denn gegeben hätte, zu hören gewesen wäre. Der Ritter hatte mir dies alles gezeigt, als wollte er mir seinen gesamten Besitz zu Füßen legen.

Ich war noch nie Märchenprinzessin gewesen und war mir deshalb oft ein bißchen darüber im Unklaren, wie ich mich verhalten sollte. Gab es vielleicht eine Etikette, deren Regeln ich erst noch erlernen mußte? Durfte ich zum Beispiel weiterhin einen Pfirsich oder eine Birne ohne Messer und Gabel essen? Mit Beunruhigung merkte ich, daß der Ritter für ein einziges seiner Neujahrskärtchen und das dafür nötige Ineinander-Verhaken der gesuchtesten Formulierungsschnörkel länger brauchte als ich für eine ganze Manuskriptseite. Zwar versicherte er mir, meine Natürlichkeit, oder was er dafür hielt, sei ihm die schönste Etikette, aber ein bißchen unwohl war es mir schon, wenn ich, Flügeltüren öffnend und hinter mir wieder schließend, durch die Salons ging oder zu schreiten bemüht war, von deren Wänden keine Wildschweine, sondern des Ritters Vorfahren mich begutachteten.

Was mich aber mehr als alles andere beunruhigte, war die Frage, wie diese neue Märchenprinzessinnen-Existenz mit dem Bücherschreiben zu vereinbaren wäre. Lange dachten der Ritter und ich darüber nach, in welchem der zahlreichen Zimmer mein Schreibtisch stehen könnte. An Platz fehlte es natürlich nicht, so daß wir die verschiedensten Möglichkeiten in Erwägung zogen, die jedoch alsbald von mir wieder verworfen wurden. Im Nachhinein bedauere ich das ein wenig, werde ich doch auf diese Weise nie erfahren, welche Bücher entstanden wären, wenn ich mich in einem jener prächtigen Salons eingerichtet hätte. (Und wie hätten wohl Prousts oder Thomas Manns Bücher ausgesehen, wenn sie in einem feuchten Kellerloch geschrieben worden wären?) Damals wollte ich die Bücher, die in diese Salons gepaßt hätten, nicht schreiben, und ich wäre auch gar nicht dazu imstande gewesen. Am Ende entschied ich mich für den einzigen mir vorstellbaren Ort, und zwar für eines der Dienstboten-Kämmerchen im Dachgeschoß, in das gerade ein schmaler Tisch und eine Pritsche hineingepaßt hätten und in dessen Fenster die Sonne am Abend in einer von dem blassen Grün einer Zeder sich absetzenden Rotbuche ein Feuer entfachte. Von weitem erinnert die Erscheinung einer Zeder an ein gefrorenes Zittern. Dieser kleine Raum hätte erst einmal entrümpelt und neu gestrichen werden müssen, aber bevor es dazu kommen konnte, war die Geschichte bereits zu Ende, und so ist auch dieses Dienstbotenkammer- oder Mönchszellenbuch nie geschrieben worden.

Der Ritter war arm. Jedenfalls ärmer, als es seine Besitztümer erfordert hätten. Ich begann zu begreifen, daß man besser kein Schloß erbt, wenn man nicht zugleich über stattliche Einkünfte verfügt, weil ein Schloß erstens eine starke Neigung hat, Risse zu bekommen und undicht zu werden und schließlich auseinanderzufallen und weil man zweitens als Schloßherr unweigerlich für reich gehalten wird und es deshalb auch zu sein hat. Wenn jeder andere einen kleinen Schein hinüberreicht, beispielsweise, wenn die Feuerwehr oder die Briefträger am Ende des Jahres ihre Kalender verkaufen, muß der Schloßherr, um seinem Ruf gerecht zu werden, ein kleines Vermögen spenden, was ihn natürlich umso schneller dem Ruin entgegentreibt. Wenn er Gäste empfängt, bleibt ihm nichts anderes übrig, will er als Schloßherr ernstgenommen werden, als ihnen Champagner zum Aperitif und einen Château d'Yquem zum Dessert, zudem Gänseleberpastete und Rehrücken Grand Veneur zu servieren, denn welcher Gast möchte schon in einem Schloß eine Tiefkühlpizza zu sich nehmen. (Ich höre den Leser erleichtert aufatmen: Er hat das Glück, mit seiner fünfköpfigen Familie in einer Drei-Zimmer-Mietwohnung in Groß-Gerau zu leben und die Sorgen eines armen Schloßherrn nicht zu kennen.)

Der Ritter hatte also ein Schloß, aber kein Geld. Mit viel eigener Arbeit und fremder Hilfe war es ihm gelungen, das Schloß und die Nebengebäude in den vergangenen Jahren vom In-sich-Zusammenfallen abzuhalten. Aber ob er sich auch noch eine arme Prinzessin leisten konnte? In den schönsten Farben malte ich ihm die Frau aus, die er gebraucht hätte und von der ich, so vorteilhaft ich mich auch drehen und wenden mochte, nicht leugnen konnte, daß ich es nicht war, nämlich eine wohlerzogene, vornehme junge Dame aus reicher Familie.

Mit wahrer Abscheu wehrte der Ritter meine halb ernstgemeinten Vorschläge ab: Er wollte keine wohlerzogene, reiche Dame ehelichen, die hatten ihm zu große Füße. Nur mir hatte der Schuh gepaßt. Oder war ich die einzige, die ihn sich hatte anziehen lassen?

17

Gerne würde ich mich an dieser Stelle aus dem halbfertigen Manuskript hinauswinden und einen anderen, einen Fremden, nicht Betroffenen weitererzählen lassen. Ich könnte meine »Story« zum Beispiel unentgeltlich einem Autor auf der Suche nach brauchbaren Geschichten überlassen, einem jener etwa, die aus lauter Stoffmangel täglich in den Zeitungen die Rubrik »Verschiedenes« durchstöbern. Ist nicht meine Geschichte am Ende noch in einer dieser Fundgruben gelandet? Warum sollte ich also einem einfallslosen Autor die mühsame Recherche nicht ersparen? Auch einen »Stoffwechsel« wäre ich bereit, ihm vorzuschlagen: Er könnte an meiner Geschichte weiterschreiben und ich an der seinen, wie in jenem surrealistischen Spiel, bei dem rundum jeder ein paar Worte schreibt und dann das Blatt umknickt und weiterreicht. Aber so laut ich auch rufe und so verlockend mein Angebot auch klingen mag, es meldet sich niemand, die Herren und Damen Schriftsteller regen sich nicht, und mir bleibt nichts anderes übrig, als ohne ihre Hilfe fortzufahren.

Wie nähern wir uns der Sache möglichst vorsichtig an? Kommen wir zunächst auf die zwei Zimmer im ersten Stock des Hauses zu sprechen, deren Renovierung der Ritter nach unserer Begegnung in Angriff genommen hatte und von denen eines, ein schönes Eckzimmer mit drei in die Bäume schauenden Fenstern, unser gemeinsames Schlafzimmer werden sollte.

Und das andere?

Erwähnen wir zunächst noch, denn auch die Einrichtungsfrage hat ihre Bedeutung in dieser Geschichte, die edle Nacharbeitung zweier Alphonse-Mucha-Tapeten aus der Jahrhundertwende, die der Ritter seiner Armut zum Trotz, nicht ohne sie der Märchenprinzessin vorher gezeigt und sich in diesen Geschmacksfragen mit ihr geeinigt zu haben, für die beiden Räume ausgesucht hatte und von denen eine tiefrot gemustert und die andere hell und mit zarten, dünnstieligen Klatschmohnblüten und -früchten versehen war.

Eine dunkelrot gemusterte Art-Nouveau-Tapete? Schwere, goldgelbe Vorhänge? Goldene Vorhangstangen? Ich mußte einsehen, daß eine Märchenprinzessin nicht zwischen vier weißen, bilderlosen Wänden lebt, wie ich das bislang getan hatte.

Und das zweite Zimmer?

Ja, das zweite Zimmer, was war damit. Léa, meine fiktive Léa, nun ist der Moment gekommen, wo ich wirklich deine Hilfe gebrauchen könnte, wo du einspringen und mich für eine Weile vertreten müßtest, wie du es schon einmal getan hast, in jenem schlechten Roman.

Aber Léa stellt sich taub. Wenn es sich um eine andere Stelle gehandelt hätte, um die Himmelbett-Szene zum Beispiel oder die im regenfeuchten Wald, ja dann. So aber soll ich sehen, wie ich alleine zurechtkomme, lass mich in Ruhe mit deinen grauenhaften Erlebnissen, sagt sie, ich schlafe im Papierkorb.

Was hat es also mit jenem zweiten Zimmer auf sich?

Ich ... nein, so geht es nicht. Die Märchenprinzessin wünschte sich ein Kind.

Ein Kind, na, wunderbar. Und deswegen druckst du so lange herum?

Die Märchenprinzessin war schon ein bißchen in die Jahre gekommen.

Wie alt war sie denn?

Zweiundvierzig.

Na und? Ist es nicht im Märchen wie in der Bibel, wo die Frauen noch im hohen Alter eine Leibesfrucht tragen? Und gibt es nicht heute medizinische Wege, uns biblische Wunder zu bescheren?

Die gibt es freilich. Aber ist eine Märchenprinzessin, die sich von Ärzten ein Kind verspricht, nicht ebenso lächerlich, nur eben zwanzig bis dreißig Jahre früher, wie ein Mann, dessen Erektionen von einem Erzeugnis der Pharmaindustrie hervorgerufen werden?

Dann wird sich die Märchenprinzessin eben belächeln lassen müssen. Willst du nun eine Geschichte erzählen oder deine arme Märchenprinzessin schonen?

Keine Antwort.

Na los, nun sag' schon, was es mit diesem zweiten Zimmer auf sich hatte. Du brauchst dir keine Mühe mehr zu geben, wir haben es auch so schon erraten: Es sollte ein Kinderzimmer daraus werden.

Ja. Für den Fall eines Wunders sollte aus dem an das Schlafzimmer angrenzenden Raum mit der schönen Klatschmohntapete tatsächlich ein Kinderzimmer werden.

Na siehst du. Es ging doch. Aber war es nicht ein wenig voreilig, schon ein Zimmer einzurichten, so lange das Wunder noch gar nicht eingetreten war?

Das Zimmer war noch nicht zu diesem Zweck eingerichtet, es sollte nur schon einmal renoviert werden, um dann für den Fall eines Falles zur Verfügung zu stehen.

Also wollte dein Ritter auch ein Kind?

Der Ritter, obwohl er nicht mehr der Jüngste und genau genommen auch schon nicht mehr der Zweitjüngste war, hatte sich die Kinder-Frage noch nie gestellt, denn er war ein Mann und hatte noch sein ganzes Leben lang Zeit, sie sich zu stellen.

Aber nun, da er seine Märchenprinzessin gefunden hatte, wird er sie sich doch oder wird sie sie ihm gestellt haben?

Der Ritter überlegte nicht lange. Es gab nichts, was er mit seiner Prinzessin nicht gewollt hätte, er wollte, daß sie seine Frau würde und für immer bei ihm bliebe, er wollte die Tage und die Nächte mit ihr erleben, er wollte sie unentwegt küssen und umarmen und umhegen, und natürlich wollte er nun, da sich ihm die Frage zum ersten Mal stellte, auch ein Kind.

Unter diesen beinahe idealen Bedingungen dürfte es doch auch noch möglich gewesen sein, eines zu zeugen?

Möglich wäre es sicherlich gewesen.

Woraus wir schließen können, daß es nicht dazu kam. Darf man vielleicht noch fragen, warum?

Das hat mit dem Kinderzimmer zu tun.

Könnte man es vielleicht noch etwas genauer erfahren? Eine eigenartige Geschichtenerzählerin ist das, der man die Sätze wie Würmer aus der Feder ziehen muß.

Also gut. Fangen wir an. Unter dem Gesichtspunkt der Fruchtbarkeit betrachtet, stand die Märchenprinzessin kurz vor dem Verfallsdatum. Um dem Wunder ein bißchen auf die Beine zu helfen, war ein Hürdenlauf von einem Frauenarzt zum anderen, waren Blut- und Spermaproben und Ultraschalluntersuchungen vonnöten, auch mußte ein »Hysterogramm« vorgenommen werden, eine recht schmerzhafte Untersuchung, deren Name auf die bei Frauen in jenem Torschlußalter kaum zu vermeidende Hysterie anzuspielen scheint und bei der das Märchenprinzessinnen-Innere mit einem Kontrastmittel aufgepumpt wurde. Währenddessen ejakulierte der Ritter bereitwillig in einen Plastikbecher.

Aber das Jahr ging zu Ende und Millionen von Kinder kamen auf die Welt, von denen keines den Ritter zum Vater und die Märchenprinzessin zur Mutter hatte; indessen gaben die beiden die Hoffnung nicht auf und ließen nicht nach in ihren medizinischen, vor allem aber auch in ihren natürlichen Anstrengungen, so daß sich bald jeder Monat teilte in eine hoffnungsfrohe und eine enttäuschte Hälfte.

Wenn sie nicht beieinander waren, berichtete der Ritter seiner Märchenprinzessin am Morgen telefonisch von den wollüstigen Träumen, in denen seine Nacht dahingegangen war, die lustvollsten Träume, die er je geträumt hatte und in denen er sie stets leibhaftig in seinen Armen zu halten meinte. Beinahe in jeder ohne sie verbrachten Nacht schien ihm der Schlaf Ersatz für sie zu schaffen. Der Traum ermöglichte es ihm, ihr sogar aus der Ferne beizuwohnen, sie nach allen Regeln der Liebeskunst und sogar regelwidrig zum Klingen und zum Glühen zu bringen, sie zu streicheln, zu striegeln und zu spreizen, sie bald gierig, bald langsam und genüßlich mit Haut und Haaren zu verspeisen.

So groß war die Wollust seiner einsamen Nächte, daß die Märchenprinzessin schon eifersüchtig wurde auf ihre erträumte Doppelgängerin, mit der er sie betrog.

Wen liebst du mehr, fragte sie den Ritter, sie oder mich? Wen hältst du lieber in deinen Armen?

Dich, sagte der Ritter.

Welche Dich, sie oder mich?

Die echte Märchenprinzessin.

Der Ritter seinerseits war nicht auf Traumerscheinungen eifersüchtig, sondern auf leibhaftige Männer mit und ohne Bart und sogar auf männerliebende Männer. Manchmal war er unruhig: Ob sie sich ihrer Sache auch ganz sicher sei, fragte er die Märchenprinzessin. Ob sie seiner auch nicht überdrüssig werden würde nach einiger Zeit. Ob sie sich auch gut überlegt habe, was das bedeute, wenn sie sich mit ihm verbände fürs ganze Leben.

Die Märchenprinzessin hatte es sich nicht gut überlegt, sie hatte sich in Liebesdingen noch nie etwas gut überlegt, zum Überlegen war keine Gelegenheit gewesen, zudem wäre man vermutlich gelähmt oder ergriffe die Flucht, wenn man wirklich anfinge zu überlegen, aber sie redete sich ein, es sich gut überlegt zu haben. Sie strengte sich an und überlegte, und da sie, wie die Vorgeschichte zeigt, recht mitgenommen und im Grunde trostsuchend in ihrem Märchenprinzessin-Dasein angekommen war, kam sie nach einer Viertelsekunde zu dem Schluß, daß es die vernünftigste Sache der Welt war, einen treuen, besonnenen, zurückhaltenden, verläßlichen, unbegreiflichen Ritter zu lieben.

18

Wenn ich nicht gerade Prinzessin war, saß ich in meiner Dachwohnung am Schreibtisch, und sobald ich zum Einkaufen oder um einen Kaffee zu trinken auf die Straße ging, traf ich auf den Rentner Dov, der mir schon von weitem zuwinkte und mich an seinen Tisch oder an die Theke des »Sans Souci« holen wollte.

Einmal erzählte er mir fröhlich und mit leicht geröteten Wangen, die dünnen Schläuche in der Nase, seine Kneipenkumpane hätten ihm einen Wunsch erfüllt, den er schon lange mit sich herumgetragen habe: vor seinem Tod einmal mit einer Harley Davidson zu fahren. Am Morgen, er saß wie immer im Café, war eine blitzende Maschine, Modell »Screamin' Eagle«, vorgefahren, und der Fahrer hatte ihn aufgefordert aufzusteigen. Seine riesigen Pupillen auf mich richtend, erzählte Dov, ihre Tour sei bis zum Bois de Vincennes gegangen, sie hätten etliche Runden gedreht und seien, die Sauerstoff-Flasche im Rucksack mit dabei, über eine Stunde unterwegs gewesen, und ich hatte an das *Tagebuch eines Landpfarrers* von Georges Bernanos denken müssen und an jene Stelle gegen Ende des Buches, wo der todkranke junge Pfarrer, von seiner Krankheit noch nichts ahnend, aber bereits von ihr gezeichnet, auf der Landstraße von einem Motorradfahrer ein Stück mitgenommen wird, an jene kurzen und ewigen Momente der Jugend und des Glücks, an die hohe Stimme des Motors, die wie der Gesang des Lichts, ja, wie das Licht selbst ist, an die zwei flüssigen Mauern, die der Fahrtwind neben ihnen aufrichtet, an die Landschaft, die sich nach allen Seiten öffnet und um die eigene Achse dreht wie das Tor zu einer anderen Welt.

Er habe noch einen zweiten Traum, sagte Dov. Bevor er sterbe, wolle er ein rothaariges Mädchen in den Armen halten. Er fügte hinzu, und das schien ihm wichtig zu sein, dieser Wunsch sei kein sexueller. Und wieder mußte ich an eine andere Geschichte denken, an die nämlich des betagten Königs David, der, obwohl mit Bergen von Kleidern bedeckt, nicht aufhörte zu frieren, bis man ein schönes junges Mädchen holte und an seiner Seite schlafen ließ, auf daß ihm warm werde. Und das junge Mädchen schlief an seiner Brust und wärmte ihn, ohne daß er es *erkannte*. Ich verstand auch, daß Dov nicht von einem blonden oder brünetten, sondern von einem rothaarigen Mädchen träumte, denn in dem roten Haar brannte das Feuer, das ihn wärmen, und in der zarten blassen Haut floß die Milch, die ihn nähren sollte.

Wir saßen in der Rue Saint-Denis, vor uns jeder einen Espresso und ein Glas Leitungswasser, in welchem die verkleinerten Abbilder der Passanten, zur Glasmitte hin beleibter, dann wieder dünner werdend, an uns vorüberzogen.

Etwas fehle in seinem Leben, sagte Dov. Er hätte gerne gewußt, wie das ist zu lieben. Er habe die Liebe nicht gekannt, nur die Leidenschaft, also das Begehren.

Ich fragte ihn, wie er sich Liebe vorstelle.

Für den anderen da sein, ihn glücklich sehen wollen, das sei Liebe, erwiderte er. Er selbst habe immer nur besitzen wollen.

Er begann, von seinen letzten Leidenschaften zu erzählen, eine dreißig und eine vierzig Jahre jüngere Frau, mit denen er ein Verhältnis gehabt hatte, bevor das Alter ihn einholte und ihm zwei Schläuche in die Nase steckte, und während ich ihm zuhörte, dachte ich an mein eigenes Märchenprinzessinnen-Glück und daß ich die Liebe, von der er sprach, nun doch noch kennengelernt hatte (in Gedanken schrieb ich damals schon an jenem schlechten Roman, der heute in meinem Papierkorb liegt).

19

Hätte mir vor wenigen Monaten jemand prophezeit, daß ich einst in einem Manuskript den Ausdruck »postkoitaler Test« verwenden würde, ich hätte ihn ausgelacht. Sollten doch andere das weiße Blatt mit ihrem Monatsblut, ihrem Sperma und ihren Scheidensekreten beschmieren: Mir jedenfalls konnte das nicht passieren.

Und heute? Der Ritter und die Märchenprinzessin hatten noch immer kein Kind gezeugt, und deshalb trifft sie die alleinige Schuld daran, daß es jetzt mit besagtem Test weitergeht. Obwohl ich sowohl den Ausdruck als auch die Sache selbst am liebsten vermieden hätte, bleibt mir nichts anderes übrig, wenn ich die Geschichte der beiden weitererzählen will, als diese Episode nicht zu verschweigen und im folgenden Kapitel einen postkoitalen Text damit zu fabrizieren.

Wann ein solcher Test vorgenommen wird, sagt auf seine unsentimental medizinische Weise freundlicherweise schon sein Name. Was der Name nicht sagt, ist, daß dieser Verkehr, bei dem alle Vorfahrtsregeln außer Kraft gesetzt sind, mit dem fruchtbarsten Moment des weiblichen Zyklus zusammenfallen soll und daß dieser Moment zuvor genau bestimmt wird. Mittels des Tests kann man herausfinden, wie gut oder wie schlecht sich Mann und Frau vertragen. Ob die Frau nicht etwa jeden Eindringling in sich abtötet, zum Beispiel, denn dazu sind Frauen durchaus in der Lage, oder ob die Eindringlinge nicht vielleicht derart ermattet und willenlos im Leibesinneren ankommen, daß an ein Weiterwandern oder gar Vorwärtspreschen nicht mehr zu denken ist.

Einem solchen Test mußten sich also der Ritter und seine Märchenprinzessin unterziehen. Wie hätte etwas anderes daraus hervorgehen können, als daß die beiden Liebenden sich nicht nur gut vertrugen, sondern auf beispiellose Weise miteinander harmonierten?

Doch was am Ende herauskam, war etwas anderes. Nicht, daß die beiden im biologischen Sinne unvereinbar gewesen wären, nein, das sagte die Untersuchung nicht. Ob sie sich vertrugen oder nicht vertrugen, war aus dem Ergebnis nicht herauszulesen. Waren die Eindringlinge womöglich in ihrer Begeisterung über das Ziel hinausgeschossen? Oder hatten sie, entmutigt, den Vormarsch aufgegeben?

Nichts davon war dem Testergebnis zu entnehmen. Und zwar, weil es keine Eindringlinge gab.

Kein einziger Eindringling? Kein einziger vorlauter, frecher Knirps, der es bis in diese Höhle geschafft hätte?

Kein einziger. Das Leibesinnere der Märchenprinzessin war von geradezu jungfräulicher Beschaffenheit und gähnender Leere. Verwundert nahm sie zur Kenntnis, daß ihre leidenschaftliche Liebesnacht, die fruchtbarste des Monats, keinerlei Spuren hinterlassen hatte. Wie war das möglich? Der Ritter konnte es auch nicht verstehen. Erstaunt nahm sie die unerklärliche Jungfräulichkeit ihrer Organe zur Kenntnis.

Aus medizinischer Sicht schien diese Spurlosigkeit zwar kein gutes Zeichen, aber auch nichts ganz und gar Ungewöhnliches zu sein, jedenfalls staunte die für Zeugungswunder zuständige Ärztin nicht weiter darüber. Sie riet zu einer sogenannten Insemination –

Sag mal, langt's jetzt nicht allmählich mit diesen peinlichen Intimitäten, die niemanden etwas angehen und so manchen interessieren?

Nein, der organische Teil des Märchens ist noch nicht ausgestanden, da werden Sie sich noch Augen und Ohren zuhalten müssen. Das Märchenpaar war in eine hoffnungsmedizinische Mühle hineingeraten, in der ein Schritt den nächsten nach sich zog, es mußten Papiere zusammengetragen und Termine abgewartet werden, neue Untersuchungen und Hormonspritzen waren vonnöten, und all diesen Anforderungen genügte das Paar, ohne sich eine Sekunde lang, und das allein war schon ein Wunder, aus seinem Märchen herausreißen zu lassen – anders als der Leser, der sich von mir alle naslang aus dem Märchen herausreißen und in einen mißratenen Roman hineinbefördern lassen muß, wo die fiktive Léa sich weiterhin schlafend stellt und nach Möglichkeit nicht mehr behelligt werden will. Zwar habe ich schon davon gehört, daß Romanfiguren nach ein paar Seiten anfangen, sich von ihrem Autor zu emanzipieren und ihrer eigenen Wege zu gehen, aber wo kommen wir hin, wenn Romanfiguren nur noch in Happy-End-Geschichten mitspielen wollen und sich vor jeder schwierigen oder peinlichen Rolle drücken? Am Ende werden sie sich noch gewerkschaftlich organisieren wollen.

Léa blinzelt empört: Du bist es doch, die sich vor einer schwierigen Rolle drücken will! Wenn es heikel wird, kannst du mich plötzlich wieder gebrauchen.

Ich gebe zu, daß sie nicht unrecht hat, aber wie soll man von den am eigenen Leibe erfahrenen Schrecklichkeiten erzählen, ohne fremde Hilfe in Anspruch zu nehmen, ohne also die Last dieser Erfahrungen dritten, imaginären Personen aufzuladen?

Erstens zwingt dich niemand, diese peinlichen Intimitäten hier auszubreiten und diese Exhibition auch noch als Roman auszugeben, zischt Léa, und zweitens gibt es schließlich Möglichkeiten, zum eigenen Leben Abstand zu gewinnen, ohne andere

Leute in den Sumpf seiner Existenz hineinzuziehen: Du solltest einfach noch fünfzig Jahre warten, bis du davon erzählst.

Vielen Dank für den Rat, aber so viel Zeit habe ich nicht, und wenn ich sie hätte, wäre es mir lieber, ich hätte die Geschichte bis dahin längst vergessen.

Du scheinst sie nur aufschreiben zu wollen, um sie möglichst schnell vergessen zu können.

In der Tat, das wäre schön.

In diesem Fall solltest du dich, statt ein Buch zu schreiben, lieber in therapeutische Behandlung begeben.

Beleidigt wende ich mich von der unverschämten Ratgeberin ab und wieder der weniger aufmüpfigen Prinzessin zu, die ahnungslos und voll freudiger Erwartung dem letzten Märchensatz entgegenfiebert: Und sie waren glücklich und hatten viele Kinder. Wenn die Prinzessin nun auch noch streikt, denke ich, bin ich ganz auf mich alleine angewiesen. Aber sie streikt nicht, sie singt und tanzt sogar vor lauter Lebens- und Liebeslust und läßt das Jahr zu Ende gehen, ganz ohne Arg.

Im Herbst stellt sie den Ritter ihren Eltern vor – in manchen bürgerlichen Märchen macht man das noch so –, allseits herrscht größte Zufriedenheit über den zukünftigen Schwiegersohn, der nicht nur viele Bücher und um diese Bücher herum ein Schloß, sondern auch einen Traktor und einen Holzofen der

Marke Bullerjan besitzt und der so vornehm und wohlerzogen ist, daß man am liebsten das Meißner Porzellan hervorkramen möchte, das man nicht im Schrank stehen hat. Von einem derart braven, wohlgescheitelten, zuvorkommenden Schwiegersohn hätten sie gar nicht zu träumen gewagt, wie die meisten bürgerlichen Eltern hatten sie für ihre Tochter vielleicht an einen Hochschullehrer, einen Arzt oder einen Architekten gedacht. Wie hätten sie auf die Idee kommen sollen, ihre Tochter könnte sich in einen Ritter verlieben und im zweiten Bildungsweg Märchenprinzessin werden? Beim Abschied werden sie von ihm in die Normandie oder Picardie eingeladen.

Der Ritter seinerseits hatte keine Eltern mehr, denen er die Märchenprinzessin hätte vorstellen können, nur eine von ihm als gutmütig und etwas beschränkt beschriebene Schwester, die er so weit wie möglich mied, die ihm aber Haus und Hund hütete, wenn er wegfuhr, und eine große Anzahl von Cousins und Cousinen, die er ebenfalls mied, weil sie ihm zu borniert und zu heuchlerisch-katholisch waren und sich für nichts interessierten. Wenn man ihn hörte, schien er einer Familie von Dummköpfen entsprungen zu sein, und warum auch nicht, sagte sich die Märchenprinzessin, warum sollten Ritterfamilien von Dummheit ausgeschlossen sein. Wenigstens der Schwester wäre sie aber doch gerne einmal begegnet, um sich von deren gutmütiger Beschränktheit ein eigenes Bild zu machen. Die Frage »Und wann lerne ich deine Schwester kennen?« wurde in ihren Gesprächen, der immer gleich ausweichenden Antwort wegen, zu einem an gleich welcher Stelle eingeworfenen, unweigerlich Heiterkeit auslösenden Einsprengsel, auf das schon bald keine Antwort mehr erwartet wurde, sondern das einzig der für Außenstehende unbegreiflichen Erheiterung diente. Denn im Grunde störte es die Märchenprinzessin wenig, daß sie von der Ritterfamilie nur den Ritter kannte.

Die erzählte Geschichte ahmt die erlebte nach und eilt oder springt oder schlendert voran, und wenn es auch im Rückblick so aussehen mag, als ob dies oder jenes sie hätte aufhalten, ihren Verlauf hätte anders gestalten können, so scheint sie doch gleichzeitig wie erstarrt in der Vergangenheit, der sie angehört, und nichts, außer vielleicht die Erinnerung, die sich mit den Jahren wandelt, wird noch etwas an ihr ändern können. Wie aber, wenn diese Erstarrung nicht erst im Zurückschauen entstanden wäre? Wie, wenn es in Wahrheit für diesen gefrorenen Fluß gar keine möglichen Abweichungen, gar kein anderes Bett zu graben gegeben hätte?

Die Geschichte steuert nun allmählich auf ihren Höhepunkt zu, der für ihre Heldin natürlich eher ein Tiefpunkt war, aber was ist ein Roman oder eine Erzählung am Ende anderes, wenigstens, wenn sie sich auf das eigene Leben stützt, als die geglückte Verwandlung von Tiefpunkten in Höhepunkte? Dem Schreibenden gewährt diese Metamorphose eine Art Revanche über das, sagen wir, Schicksal: So lange er dessen Schläge in Sätze verwandeln kann, hat er die Partie noch nicht verloren.

Vor dem Höhepunkt, der zugleich auch ein Tiefpunkt ist, kommt aber noch der Sylvesterabend in einer Pariser Brasserie, an dem der Ritter kurz vor Mitternacht vor der versammelten Tafelrunde einiger Freunde die für den kommenden Frühsommer geplante Hochzeit ankündigte.

Die Sylvestergäste hoben ihre Gläser, alle sprachen durcheinander. Wo denn die Hochzeit stattfinden und wie sie aussehen solle, fragte irgendwann jemand.

Sie sollte in dem Dorf gefeiert werden, zu dem das Märchenschloß gehörte, das heißt, ursprünglich gehörte natürlich das Dorf zu dem Schloß und nicht umgekehrt. Der Dorfbürgermeister sollte sie trauen, der Dorfmetzger sollte kalte Fleischplatten bringen, und auch dieser Dorfbürgermeister und diese kalten Fleischplatten, so harmlos und banal sie auch anmuten mögen, gehören in die Geschichte, denn sie werden in deren weiterem Verlauf noch gewaltige Dimensionen annehmen und als ein turmhoher kalter Fleischberg auf meinem Teller liegenbleiben.

Leider würde man nicht darum herumkommen, fuhr der Ritter fort, einige örtliche Honoratioren und den Dorfbürgermeister, so häßlich auch die Straßenlampen waren, die er anbringen ließ, anschließend zu einem Umtrunk einzuladen, das sei er den Bräuchen schuldig, immerhin sei seine Familie schon seit Generationen in diesem Ort ansässig, und er könne unmöglich in aller Heimlichkeit heiraten, wenngleich ihm das am liebsten wäre.

Er bereitete die Gäste darauf vor, daß gewiß ein Hochzeitsfoto in dem örtlichen Käsblatt abgedruckt würde, das heißt, als Franzose sagte er nicht Käsblatt, sondern *feuille de chou*, Kohlblatt, zwei Ausdrücke, die wahrscheinlich deshalb abwertend sind, weil sie auf die nationalen Eßgewohnheiten des jeweiligen Nachbarlandes anspielen. Die Prinzessin lachte; der Bürgermeister, die Straßenlaternen, die kalten Platten, all das schien ihr amüsant, oder vielleicht war es ihr einfach danach zu lachen.

An den Schenkeln zusammengewachsen wie ein siamesisches Zwillingspaar, saßen die beiden in der Sylvesterrunde nebeneinander; durch die geschlossenen Fenster drang das Geräusch ferner, seltener werdender Explosionen.

20

Ein neues Jahr begann, und mit ihm die immer wieder gleiche, sich seit Urzeiten wiederholende Abfolge der Monate, der Wochen und der Tage, es war die Zeit der guten Vorsätze und Wünsche, des neuen Anlaufs, dessen Schwung jedes Jahr aufs Neue gebremst oder gestoppt wird von der Ermattung oder Übelkeit, die auf Feste folgen. Die Geschichte aber drängt weiter, sie will vorwärtsstürzen, will nichts mehr hören von einem mißratenen Roman oder ausgewechselten Figuren, sie will allen Platz einnehmen, sich nach allen Richtungen ausbreiten, was kümmert sie meine Bangigkeit angesichts dessen, was zu erzählen bleibt, meine Versuche, das Kommende hinauszuzögern, was kümmern sie schlechte Romane? Die Geschichte ist wie die Zeit selbst, wie das neue Jahr, das über eine bestimmte Anzahl von Tagen verfügt und deshalb, kaum angebrochen, schon wieder seinem Ende zustrebt, leg schon los, sagt sie, sie ist unaufhaltbar.

Bemühen wir noch einmal, so lange sie nicht geplatzt ist, so lange es sie gibt, bemühen wir für die kurze Lebenszeit, die ihr bleibt, bevor sie sich endgültig in mich selbst zurückverwandelt, unsere Märchenprinzessin. An den Ohren trägt sie neuerdings Ohrringe aus Mondstein, die ihr eine Freundin geschenkt hat und die die Fruchtbarkeit fördern sollen. Weil sie zwei davon trägt, ist sie überzeugt, daß die kleinen, milchigen, in Silber gefaßten Steine, die an ihren Ohren hängen, ihr Zwillinge bescheren werden.

Im Januar essen der Ritter und sie, einem alten, französischen Brauch folgend, eine *galette des rois*, das Gebäck der Heiligen Drei Könige. Die *galette des rois* ist ein mit Marzipan gefüllter, runder Blätterteigkuchen, der nur im Januar, um die Zeit der Epiphanie herum, verzehrt wird und in dem eine kleine Porzellanfigur versteckt ist. Wer auf die Porzellanfigur stößt, wird mithilfe der vom Bäcker mitgelieferten goldenen Pappkrone zum König oder zur Königin gekrönt und darf sich einen Gemahl oder eine Gemahlin auswählen. Die beiden hatten sich eine Galette geteilt und waren somit in der Adelshierarchie mit einem Mal aufgestiegen und ein Königspaar geworden.

Die Porzellanfiguren, die in diese Epiphanie-Kuchen eingebacken werden, können je nach Bäcker- oder Industriellenphantasie oder vielmehr fehlender Phantasie die verschiedensten Formen annehmen, die von Engeln, Tauben, Krippen- und Heiligenfiguren bis zu Mickey Mouse oder Batman reichen. Das Außerordentliche, oder wenigstens von dem Königspaar als außerordentlich Empfundene, war, daß die kleine Porzellanfigur, die in ihrer Galette gesteckt hatte, ausgerechnet eine junge Mutter mit Kind, wahrscheinlich also die Jungfrau Maria darstellte. Wie hätten die beiden in dieser Porzellanmutter mit dem Kind auf dem Arm, an der sich die Märchenprinzessin beinahe einen Zahn ausgebissen hatte, etwas anderes als ein gutes, hoffnungsvolles Omen sehen können? In dem Jahr, das gerade angebrochen war, würde ein Kind zur Welt kommen. Was sollte die bemalte kleine Figur, die sie wie eine Katze ihr Neugeborenes sorgfältig ableckte und mit der Zungenspitze von allen Marzipanresten befreite, anderes bedeuten?

Die Ärztin glaubte nicht an Porzellanomen, sondern an Prokreationshilfe, also an die Fortschritte der Medizin und an künstliche Besamung. Nein, das Kind würde nicht im Reagenzglas gezaubert werden, sondern im Bauch der Märchenprinzessin entstehen, nur sollten die Eindringlinge, damit sie ihr Ziel nicht verfehlten, ein Stück Wegs begleitet oder vielmehr befördert werden. Die Hoffnung war groß, so groß wie die Liebe selbst, oder was immer es gewesen sein mag, und die Medizin tat ihr Bestes, sie noch zu vergrößern. Der Ritter, ritterlicher denn je, stellte sich wie selbstverständlich und ohne Murren den Anforderungen der Hoffnungsmedizin.

Indessen erforderte die Hoffnungsmedizin nicht nur Glück und ritterlichen Einsatz, sondern etliche neue Untersuchungen und das Zusammentragen eines Berges von Papieren, darunter eines, womit sich die beiden Beteiligten mit dem Eingriff einverstanden erklärten, und ein anderes, worin sie bestätigten, daß sie schon seit über zwei Jahren zusammenlebten. Nun kannten sie sich erst ein knappes Jahr und lebten auch noch nicht zusammen, aber diese Notlüge war, fanden sie, von der Macht ihres Wunsches gerechtfertigt. Zudem würde das Märchenschloß die Prinzessin demnächst aufnehmen, sobald das Zimmer im Obergeschoß fertig wäre, würde sie einziehen, so daß von einer Lüge fast nicht die Rede sein konnte.

Um Kräfte zu sammeln für das Weitererzählen, strecke ich mich auf dem Bett aus. Draußen ist es dunkel, drinnen auch. Als wäre ich auf hohem Meer gekentert und bekäme von einem Leuchtturm aus der Ferne ein unerreichbares Festland gewiesen, sehe ich über mir im Dachfenster den mächtigen, in regelmäßigen Abständen vom Eiffelturm ausgesandten Lichtstrahl über den schwarzen Himmel gleiten. Ich entsinne mich jenes Abends zu Beginn meines Märchenprinzessinnenjahres, als ich gegen Mitternacht den Pont des Arts in Richtung Louvre überquerte. Den Kopf Seine-abwärts gewandt, flüsterte ich dreimal hintereinander des Ritters Namen, und dieser Name wirkte wie ein Zauberwort, denn kaum hatte ich ihn zum dritten Mal ausgesprochen, begann der Eiffelturm mit tausend Lichtern zu glitzern und zu funkeln wie eine riesige Wunderkerze mitten in der Pariser Geburtstagstorte.

An den ersten Märztagen, als die medizinischen Vorbereitungen für den Eingriff begannen, war der Ritter bei seiner Märchenprinzessin in Paris. Am 4. fuhr er in die Normandie oder Picardie zurück, denn es sollten noch einmal über mehrere Tage Handwerker kommen, um den letzten Schliff an die beiden renovierten Zimmer im Obergeschoß zu legen. Sie hatten ausgemacht, daß er am Morgen des 6. März eigens noch einmal kurz in die Stadt kommen würde, um seinen Beitrag zum Zeugungswunder in einem medizinischen Labor unweit des Auktionshauses Drouot abzuliefern, daß er aber noch am selben Vormittag wieder zurückfahren würde.

Als sie den Ritter morgens an der Gare d'Austerlitz oder Montparnasse abholte, stand die Märchenprinzessin, fast ebenso zittrig und hoffnungsfroh lächelnd, am Fuße desselben Pfeilers wie knapp ein Jahr zuvor, und wenn ich sie dort so stehen und arglos lächeln sehe, wünsche ich mir, sie wäre mir so fremd wie jeder andere der zahlreichen Passanten, die sich an jenem Morgen auf diesem Bahnsteig bewegen. Kann jemand so dumm, so unvorstellbar dumm sein wie jene Person? Zwar sind Märchenprinzessinnen noch nie durch besondere Klugheit aufgefallen. Mehr als Linsen zu lesen und sich hundert Jahre lang auszuschlafen wird ihnen meistens nicht abverlangt. Was ihnen an Intelligenz abgeht, machen sie jedoch wett mit einem unfehlbaren Instinkt: Immerhin läuft Aschenputtel ihrem König dreimal davon, und hätte sie nicht ihren Pantoffel verloren, hätte der Prinz sie nie wiedergefunden. Meine Prinzessin am Bahnsteig aber besitzt noch nicht einmal Instinkt. Sie steht da. Sie lächelt. Sie ist glücklich und dumm.

Der Zug fährt ein, kaum schneller als ein Jahr zuvor. Mit der Metro fahren die beiden bis zur Station Richelieu-Drouot. In dem Wartezimmer des Labors sitzen schon rundum Männer und Frauen allen Alters und aller Hautfarben und warten, ein Ticket mit einer Nummer in der Hand, darauf, ihr Blut, ihren Urin oder ihren Samen abzugeben. An einer Wand hängt ein großer Flachbildschirm, auf dem immer wieder drei einzelne Spermien von einer Art Pipette aufgesogen werden und, nachdem die Pipette die Eizelle, die zunächst einen leichten Widerstand bietet, durchstoßen hat, in ihrem Inneren wieder ausgespuckt werden. Mit einer geschickten, schnellen Geste des außerhalb des Bildschirms operierenden Laboranten werden die winzigen, kaulquappenähnlichen Wesen anschließend so ausgerichtet, daß sie alle drei wie Sprinter auf der Startlinie mit geraden Schwänzen gehorsam in dieselbe Richtung schauen.

Während der Ritter wartet, bis er aufgerufen wird, um sich in einer Kabine um seinen Samen zu erleichtern, sitzt die Märchenprinzessin gegenüber in einem Café, blättert ohne ein Wort zu lesen in »Libération« und zwingt sich, nicht in die Richtung zu sehen, aus der er bald kommen wird. Das Café ist um diese Zeit fast leer, das nahe Auktionshaus öffnet erst um elf Uhr seine Tore. Der Kellner sieht neugierig zu ihr hinüber. Ob er sich wohl vorstellt, daß der Mann, auf den sie wartet, gerade damit beschäftigt ist, Millionen kleiner virtueller Menschenhälften in einem Plastiktöpfchen zu deponieren?

Da sitzt sie nun und wartet. Mein Gott, diese Prinzessin ist so arglos und dumm, daß ich gut Lust hätte, sie endlos oder wenigstens bis ans Ende dieser Erzählung an ihrem Fensterplatz sitzen und warten zu lassen. Nun gut, es muß weitergehen, machen wir es kurz.

Die Prinzessin trinkt schon ihren zweiten Espresso, als der Ritter endlich hinter der Fensterscheibe auftaucht und ihr zuwinkt, lächelnd. Sie war umsonst beunruhigt gewesen. Schon zum dritten Mal hat er sich nun erfolgreich der medizinischen Masturbationsprozedur unterzogen (die ersten beiden Male hatten Untersuchungszwecken gegolten), und auch diesmal scheint es ihm gelungen zu sein, den klinischen Bedingungen zum Trotz etwas Ähnliches wie Erregung in sich aufkommen zu lassen, oder zumindest die männliche Mechanik in Gang zu bringen.

Sie wirft schnell ein paar Münzen auf den Tisch und läuft zu ihm hinaus. Er muß schon um kurz nach elf wieder den Zug nehmen und in die Vendée oder Picardie zurückfahren, und sie begleitet ihn wieder zum Bahnhof. Auf dem Weg zur Metrostation spaßen sie erleichtert über die Unannehmlichkeiten dieser Form der Samenabsonderung. Schön sei es nicht gerade, sagt der Ritter, sich am frühen Morgen in einem tristen Kabuff abplagen zu müssen, dessen einziges Mobiliar aus einem Stuhl und einem Tisch bestehe, auf dem eine völlig zerfledderte, offensichtlich schon von Hunderten anderer Männer mit einer Hand befingerte Pornozeitschrift liege, während ihre andere Hand damit beschäftigt gewesen sei, ihr Geschlecht zu einem medizinisch nutzbaren Höhepunkt zu bringen. Er habe das Pornoheft nicht angefaßt, sagt er zu der Märchenprinzessin, sondern die Augen geschlossen und an sie gedacht. Irgendwann habe er die Augen aber wieder öffnen müssen, um rechtzeitig das Plastiktöpfchen zu ergreifen und nicht daneben zu zielen, was übrigens angesichts der Größe der Öffnung eine gewisse Geschicklichkeit voraussetze.

Als sie einander umhalsend und lachend den Bahnhof erreichen, ist das größte Wunder bereits vollbracht: die gelungene Verwandlung einer denkbar prosaischen Handlung in einen Liebesakt.

Sie ist dumm, das ja, aber besonders böse ist sie nicht. Räumen wir ihr noch eine zweistündige Schonfrist ein, in der sie Zeit haben soll, sich auf den nächsten, nicht weniger prosaischen Schritt vorzubereiten: Um ein Uhr soll sie das medizinisch aufbereitete ritterliche Sekret im Labor abholen, es in ihrer Handtasche verschwinden lassen und in eine Klinik in den Vorort Saint-Mandé fahren. Schaut euch an, wie zuversichtlich und glücklich sie ist – ja, glücklich. Sie liebt einen Ritter und wird von ihm ein Kind bekommen, ihre Blutwerte sind ausgezeichnet, der Prinzessinnenleib ist gut auf die Behandlung angesprungen, die Aussichten sind gut.

Arme Märchenprinzessin, du stehst am Bahnhof, der Zug fährt ab.

21

Die letzten Minuten ihres Lebens verbringt sie in einem Wartezimmer: Als sie um ein Uhr wieder auftaucht, bittet die Sekretärin sie, kurz Platz zu nehmen. Nach einer Weile kommt ein Mann auf sie zu, der sich als Leiter des Labors vorstellt und sie auffordert, ihm zu folgen. Auf dem Flur, wo die anderen Wartenden sie nicht hören können, fragt er sie, ob ihr »conjoint« – was so viel wie Ehegatte heißt, aber da sie das Wort noch nie gebraucht hat und vielleicht auch, weil sie in den Augen des Laborleiters ein Urteil zu lesen meint, hört sie es zweigeteilt, »con – joint«, das Arschloch, mit dem sie zusammen ist – ob ihr »conjoint« also sie nicht benachrichtigt habe. Die Märchenprinzessin schüttelt den Kopf und sieht ihn fragend an. Er habe sich am Morgen geweigert, die erforderliche »Probe« abzugeben.

Stille. Totenmarsch. In diesen Sekunden hört die Märchenprinzessin auf zu leben. Unter den Augen dieses Fremden, der sich anschickt, das bereits Gesagte, weil sie es offensichtlich nicht begriffen hat, noch einmal zu wiederholen, verwandelt sie sich, der Zauber weicht, und wer da wenige Augenblicke später zwischen den Büroangestellten in der Mittagspausenzeit die Rue du Faubourg-Montmartre hinuntergeht, ist nicht mehr sie, sondern das bin ich, ohne prächtiges Kleid und ohne bestickte Pantoffeln, das nackte Ich.

Ich bin aus der toten Märchenprinzessin geschlüpft und habe alles um mich her in Bewegung gefunden. Fußgänger kreuzten sich und gingen aneinander vorbei, ohne den Schritt zu verlangsamen noch sich in die Quere zu kommen, wie Fledermäuse unwillkürlich jedes Hindernis meidend, die Motoren der Autos heulten auf wie gereizte Tiere, die Radfahrer klingelten sich den Weg frei, die ganze Stadt war in einem tagtäglich wiederholten mittäglichen Aufruhr, der jedermanns natürliches Element war und niemanden verwunderte.

Damit es der Tod, wenn er einmal eintritt, nicht mehr so schwer hat, vielmehr, damit wir es nicht so schwer haben mit ihm, sterben wir schon im Laufe unseres Lebens unmerklich oder schubweise ab. An jenem Tag habe ich die tote Haut der Prinzessin mit mir nach Hause geschleppt, und die tote Haut des Ritters noch dazu.

Was war geschehen?

Meistens ist die Lösung eines Rätsels umso schwieriger zu finden, als sie ganz simpel ist und auf der

Hand liegt. Ich tappte im Dunkeln. Einstweilen wußte ich nur: Der Ritter – aber ist ein lügender Ritter noch ein Ritter? – hatte mich nicht nur angelogen, sondern sich auf dem Weg zurück zum Bahnhof, bevor er zu Pfauen und Hund entfloh, sogar als ein überaus begabter Schauspieler erwiesen.

Erklärungen sind schnell gefunden, vor allem, wenn man partout welche finden will. Sind Frauen im gerade noch gebärfähigen Alter nicht armselige und zugleich furchterregende Geschöpfe? Und was wird Männern im Zeitalter der medizinischen Reproduzierbarkeit nicht alles zugemutet: Morgens in aller Frühe sollen sie im Neonlicht eines Laborzimmers in einen Plastikbecher masturbieren.

Es war sicher ganz einfach: Sein Ritterorganismus hatte sich gewehrt, als er in der Kabine stand. Draußen wartete eine erwartungsvolle Frau auf ihn, die er nicht enttäuschen wollte. Also hatte er gelogen, wer wollte ihm das übelnehmen?

Ich. Ich, die ehemalige Märchenprinzessin, die jetzt die Straße hinunterlief, hat es ihm übelgenommen. Sie bildete sich nämlich etwas darauf ein, eine ausgesprochen verständnisvolle Märchenprinzessin gewesen zu sein, mit der man hätte reden können. Sie hätte verstanden, daß er Plastikbecher und Pornozeitschrift in den Müll wirft und aus dem Labor flieht (behauptet sie, aber mir, die ich sie gut kenne, seien da Zweifel erlaubt). Aber warum war er nicht bei ihr geblieben oder mit ihr zusammen weggefahren? Denn natürlich hätten sie die Medizin Medizin sein lassen und genauso gut oder viel besser in ihr Ikea- oder in sein Empire-Bett steigen und es den restlichen Nachmittag über nicht wieder verlassen können.

Wie es bei Kühen gemacht wird, weiß ich nicht, das heißt, doch, wenn sie keine Milch mehr geben können, werden sie geschlachtet. Frauen bekommen eine Woche lang täglich Hormonspritzen, per Ultraschall wird das Reifen der Eizelle beobachtet, und schließlich wird mit einer weiteren Spritze der Eisprung künstlich ausgelöst, damit die fruchtbaren Stunden genau bestimmt werden können. Diese Behandlungen können nur wenige Male vorgenommen werden.

Es war zwei Uhr nachmittags. Ich saß in meiner Wohnung auf dem ausziehbaren Sofa und wußte, daß die folgenden acht bis zwölf Stunden die letzten oder so gut wie letzten fruchtbaren meines Lebens sein würden und daß ich nichts anderes würde tun können, als sie verstreichen zu lassen.

Ich schaltete den Fernseher an und blieb den ganzen Nachmittag bis in den späten Abend davor sitzen. Ich erinnere mich nicht, etwas getan zu haben. Es wurde dunkel. Ohne etwas zu sehen oder zu hören starrte ich auf die bewegten Bilder. Ich begrub das Kind, das ich nie haben würde. Ich begrub den toten Ritter und die Märchenprinzessin. Seit jenem Tag weiß ich, daß die biologische Uhr auch einen Sekundenzeiger hat.

22

Und nun, da die Prinzessin tot und Léa im Papierkorb ist, soll ich mich endgültig in die Zwangsjacke der ersten Person hineinzwängen? Kommt gar nicht in Frage. Für die wenigen Wochen, die das brüchige Märchen noch fortdauert, für die kurze Zeit der Agonie, die auf jenen Märztag folgt, werde ich sie den toten Ritter und die tote Prinzessin nennen.

Der tote Ritter war zerknirscht. Nachdem sie tagelang wie betäubt gewesen waren und kaum ein paar Worte am Telefon miteinander gewechselt hatten, sahen sie sich wieder. Er war tatsächlich in der Kabine in Panik geraten und hatte die Flucht ergriffen. Streng ging er mit sich selbst ins Gericht, bezichtigte sich der Lüge und der Feigheit und konnte vor lauter Scham der toten Prinzessin kaum in die Augen schauen. Diese Selbstgeißelung war ihr unheimlich, sie schien ihr übertrieben – aber im Grunde, geben wir es zu, auch wieder gerechtfertigt.

In totem Zustand war die Prinzessin verständnisvoller denn je, weil sie glaubte, sich und den toten Ritter mit ihrem Verständnis wieder zum Leben erwecken zu können. Sie *wollte* ihn mit aller Kraft verstehen und entschuldigen – sollte denn eine halbe Stunde der Panik ein ganzes Märchenjahr und das ganze kommende Märchenleben zunichte machen?

Das Verzeihen wurde ihr erleichtert dadurch, daß der tote Ritter sich sofort bereiterklärte, noch einmal die medizinische Hoffnungsmühle in Bewegung zu setzen und einen neuen, allerletzten Versuch zu unternehmen. Zwar waren die Chancen nun verschwindend gering, aber aus einem Hoffnungskeimchen wächst schneller, als das Fällen einer uralten Eiche dauert, ein ganzer Baum.

Daß dieser neue und letzte Versuch ihnen gestattet würde, war alles andere als gewiß, denn sowohl der Klinikärztin als auch dem Laborleiter war des Ritters widersprüchliches Verhalten ungünstig aufgefallen. Die Ärztin war vielbeschäftigt und gab ihnen erst mehrere Wochen später einen Termin für ein Gespräch.

In die Zwischenzeit fiel ein Ereignis, das derart eigenartig war, daß es in einem Roman nur unglaubwürdig und erfunden wirken kann, das aber aller Unwahrscheinlichkeit zum Trotz eingetreten ist: Des Ritters Hund, der in Wirklichkeit eine Hündin war, hatte – oder soll man sagen erlitt? – eine Scheinschwangerschaft, *une grossesse nerveuse*, wie der Tierarzt von Sées oder meinethalben von Auxerre diagnostizierte.

Die tote Prinzessin hatte diese Erscheinung bislang für ein von der menschlichen Psyche hervorgerufenes Phänomen gehalten und war erstaunt zu hören, daß es etwas Vergleichbares auch bei Tieren gibt. Die nervöse Schwangerschaft der Hündin hatte sich spät abends eingestellt und zunächst durch Zittern und Bauchkrämpfe bemerkbar gemacht. Am nächsten Tag bekam sie eine Arznei verabreicht, aber die Symptome ließen erst nach mehreren Tagen nach. Es hatte ganz den Anschein, als sei das Tier von der in seiner Umgebung herrschenden Kinderhysterie angesteckt worden.

Die Prinzessin hatte die Hündin einmal ein neugeborenes Häschen herbeitragen sehen. Zunächst hatte sie geglaubt, die Hündin habe das Hasenkind totgebissen, aber es war, als sie es auf die Erde setzte, in winzigen Sprüngen davongehoppelt. Vielleicht hatte es sich damals schon um eine Art nervöse Mutterschaft gehandelt? Die tote Prinzessin dachte mit großer Zärtlichkeit an das nicht mehr junge, eigentlich eher behäbige, geruhsame, ganz und gar unnervöse und unhysterische Tier.

In Saint-Mandé in der Klinik fällt die Ärztin von der ersten Sekunde an auf das Märchen, auf dessen Verlängerung oder letzte Folge, herein. Sie sieht die beiden an, wie sie da nebeneinander vor ihr sitzen, und scheint sofort auszuschließen, daß der Grund für des Ritters Fehlhandlung (*acte manqué*) ein Mangel an

Liebe sein könnte. Er versichert ihr ungefragt, daß er selbst nicht wisse, was an jenem Vormittag in der Kabine geschehen sei, daß er aber sicher sei, mit seiner toten Prinzessin (die er natürlich nicht tote Prinzessin, sondern bei ihrem Namen nennt) ein Kind zu wollen. Er sitzt auf seinem Stuhl wie ein bei einem Streich ertappter Schüler, der gekommen ist, um sich bei der Lehrerin zu entschuldigen, und die Ärztin scheint an seiner umständlichen, vor lauter Überkorrektheit manchmal schon falschen Ausdrucksweise Gefallen zu finden. Ob sie ihnen noch einmal eine Chance geben wolle, fragt er sie. Unter der Bedingung, daß der Leiter des Labors seinerseits einverstanden sei, erklärt sie sich bereit dazu.

Der Laborleiter ist weniger freundlich und verständnisvoll, ja, er ist geradezu streng mit dem toten Ritter. Auch scheint er kein großer Freund von Märchen zu sein. Es komme häufig vor, sagt er, daß Männer bei dieser Art von Behandlung erst mitmachten und es sich dann aber doch anders überlegten und wieder absprängen. Aber daß einer seine Frau bis zur letzten Minute derart hinters Licht führe, das sei ihm in seiner zwanzigjährigen Berufserfahrung noch nicht vorgekommen. Immerhin sei ihm die heikle Aufgabe zugefallen, »Madame«, wie er die tote Prinzessin nannte, darüber aufzuklären, daß der Eingriff ausfallen würde, und aus welchen Gründen.

Dem toten Ritter ist es sichtlich unwohl auf seinem

Stuhl, aber er hält der Predigt des Laborchefs stand und versichert auch hier mit großer Deutlichkeit und Überzeugungskraft, er und seine Prinzessin wünschten sich ein Kind, und er wisse nicht, was an jenem Tag in ihn gefahren sei. Am Ende läßt der Laborchef sich erweichen und erlaubt ihnen einen zweiten Versuch.

Bemerkung: Wir leben offensichtlich in einer Welt, wo erwachsene Männer Standpauken gehalten bekommen, weil sie sich geweigert haben, in ein Plastiktöpfchen zu masturbieren. Kann einem der arme Ritter nicht leid tun?

Gegenbemerkung: Plastiktöpfchen oder nicht Plastiktöpfchen, das kann jeder Ritter halten, wie er will. Die Standpauke bekam er nicht wegen seiner Weigerung gehalten, sondern wegen seiner Lügen.

23

In der Abenddämmerung steigen die Pfauen auf die Gipfel der höchsten Bäume. Langsam bewegen sie sich, mit ihren schweren Flügeln schlagend, von Ast zu Ast, bis sie in den Wipfeln angekommen sind, wo sie sommers wie winters die ganze Nacht über ausharren, große, schwarze, geierartige Silhouetten, die, reglos in den Baumkronen hockend, sich kaum vom Himmelsdunkel abheben. Ein gespenstisches, unbeholfenes Volk von mehreren Dutzend Pfauen verbringt so jede Nacht, im Winter mit vereistem Gefieder, über dem Haus hoch in den Bäumen. Bei Tagesgrauen breiten sie ihre Flügel aus und lassen sich im Dämmerlicht einer nach dem anderen auf die Erde gleiten.

Auf die Frage, wo dieser ganze Pfauenstaat herkomme, hatte der Ritter geantwortet, es sei ihm einst ein Pfau zugeflogen, dem habe er ein Weibchen beigesellt, und seitdem hätten sich die Pfauen unermüdlich vermehrt, so daß er mittlerweile säckeweise Mais an sie verfüttern müsse.

Wer kann schon von sich sagen, ihm sei ein Pfau

zugeflogen? Sie vielleicht? Mir jedenfalls, so dekorativ und vor allem eigenartig ich diese Tiere finde, ist das noch nie passiert. War der Ritter also vielleicht doch noch nicht tot und demnach die Prinzessin womöglich auch noch ein wenig am Leben?

Einmal, ein einziges Mal, aßen sie in dem prachtvollen, nie benutzten, weil unbeheizten Speisezimmer unter einem kristallenen Lüster zu Abend, an einem Tisch, der so groß war, daß sie sich, einander gegenüber sitzend, kaum die Hände reichen konnten, obwohl sie keineswegs an den Schmalseiten Platz genommen hatten. Der halbtote Ritter erzählte ihr, wie es zu Lebzeiten seiner Großmutter hier zugegangen war, wieviele Bedienstete es in seiner Kindheit gegeben hatte, eine Köchin, eine Magd, einen Gärtner, einen Chauffeur. Er zeigte ihr ein gußeisernes Glöckchen, in das eine junge Magd mit Schürze geprägt war und das seine Großmutter bei Tisch immer griffbereit gehabt hatte, und sie vergnügten sich damit, sie, zu klingeln, er, in die Küche zu springen, um Salz und Pfeffer herbeizuschaffen.

Als kleiner Junge habe er sich den Arm aufgeschnitten, um zu sehen, ob das Blut, das in seinen Adern floß, tatsächlich blau war, wie man ihm gesagt hatte, und er habe geweint, halb vor Ärger, halb, weil die Wunde stark blutete und schmerzte. Ein einziger Schwindel, diese Adelssache?

Viele Kindheitsgeschichten hatte er der Prinzessin

erzählt, zum Beispiel von seinen zahlreichen Cousinen, die eine dümmer als die andere waren, und denen er als Kind weisgemacht hatte, wenn man Nudeln in die Erde stecke und gieße, wüchsen später Nudelbäume, aber auch Erlebnisse aus seinem späteren Leben, den Tod seiner Eltern, seine mageren Frauengeschichten. Er habe keinerlei Geheimnis mehr vor ihr, habe ihr alles, aber auch wirklich alles Wissenswerte über sich anvertraut, sagte er mehrfach der Prinzessin, und es gebe keinen Menschen auf der Welt, der so gut über ihn Bescheid wisse wie sie. Die Prinzessin staunte nicht wenig über seine Geheimniskrämerei und belächelte ihn liebevoll, denn im Grunde hatte keine der Erinnerungen, die er ihr anvertraute, keines der Erlebnisse, über das er berichtete, je einen besonders vertraulichen Charakter, es waren Anekdoten, mit denen er ebensogut dem Erstbesten hätte aufwarten können. Noch nie, wirklich noch nie habe er diese oder jene Geschichte einer Menschenseele erzählt, sagte er jedesmal dazu. Aber warum bloß nicht? war sie versucht zu fragen, es wäre doch gar nichts dabei gewesen.

Aber kehren wir nicht zu weit in die Märchenzeit zurück. Es ist Ende März; im April wird die Geschichte zu Ende sein.

Bei einem ihrer Spaziergänge spricht der Ritter mit einem alten Mann, der klein und rundlich ist, entsetzlich, geradezu spagatartig schielt und damit beschäftigt ist, Holzscheite am Wegrand zu stapeln. Es ist einer der Holzfäller, der hin und wieder in des Ritters Diensten steht und mit Brennholz entschädigt wird. Er erzählt, in einem der umliegenden Höfe habe sich in der vergangenen Nacht der Bauer mit dem Gewehr in den Kopf geschossen. Sie denkt an die Jagdgewehre, die unter den Trophäen im Vestibül des Schlosses hängen. Auf dem Land, erklärt ihr der tote Ritter, habe jeder eine Waffe.

Sie gehen weiter bis zu dem Gemeindeweg, dem *chemin communal*, auf dem ihnen zwei Fahrradfahrer entgegenkommen. Die Frau sei die Apothekerin aus dem Dorf, sagt der tote Ritter, der Mann ein Mitglied des Gemeinderats. Der Holzfäller, die Apothekerin, das Gemeinderatsmitglied: all diese Leute seien gewiß höchst erstaunt, ihn in Begleitung einer Frau zu sehen, nachdem sie ihn die ganzen Jahre über, die er nun schon hier wohne, immer nur alleine erlebt hätten. Und lächelnd fügt er hinzu, bei der Geschwindigkeit, mit der sich auf dem Land Gerüchte verbreiten, wisse morgen bestimmt der ganze Ort Bescheid.

Das Leben tut noch ein bißchen märchenhaft in jenen Märztagen, aber das Märchen pfeift schon auf dem letzten Loch und ist, auch wenn die tote Prinzessin es nicht wahrhaben will, im Grunde an sein Ende gelangt, der tote Ritter ist bleich und schläft abends um neun vor dem Fernseher ein, etwas Bedrückendes und Bedrohliches, worüber sie nicht sprechen, steht die ganzen Tage über im Raum, sie betrachtet ihn, dem vor Erschöpfung oder vor was sonst? die Augen zufallen, und weiß nicht, woher die Bedrohung kommt.

Ich bin im wirklichen Leben gelandet, denkt sie, und im wirklichen Leben lügen Menschen, mitunter sind sie schwach und feige und für sich selber und andere eine Enttäuschung. Märchen oder medizinische Fortpflanzungshilfe, beides geht nicht, sagt sie sich, da mußt du dich entscheiden. Und sie entscheidet, fortan an der Seite des toten Ritters ein wirkliches, märchenfernes Leben zu führen.

24

Im wirklichen Leben, oder jedenfalls in dem erzählten, geht es nun weiter mit einem zweiten Inseminationsversuch, den der Laborleiter ihnen allerdings nur unter der Bedingung erlaubt, daß Monsieur de Soundso, wie er ihn nennt, ihm noch einmal sein ausdrückliches Einverständnis schriftlich gibt, wozu dieser sich auch sofort bereit erklärt.

Die tote Prinzessin beginnt eine neue Behandlung. Als sie zur Sicherheit noch einmal im Labor anruft, um zu fragen, ob das verlangte Schreiben auch gut eingetroffen sei, geht sie bereits wieder seit mehreren Tagen zu einer Krankenschwester, um sich die vorbereitenden Spritzen in die Bauchdecke geben zu lassen.

Ich habe keinen Brief bekommen, sagt die strenge Stimme des Laborleiters am Telefon, in einem Ton, als habe er im Gegensatz zu ihr von Anfang an gewußt, daß er den angeforderten Brief nie erhalten würde.

Der tote Ritter ist empört über die Verdächtigungen, denen er sich ausgesetzt fühlt, und versichert, den Brief bereits vor vierzehn Tagen an der Gare Montparnasse oder Saint-Lazare, jedenfalls in einen Pariser Briefkasten eingeworfen zu haben, von wo er nicht mehr als einen oder zwei Tage bis in die Rue Drouot gebraucht haben konnte. Wahrscheinlich war er entweder bei der Post oder im Sekretariat des Labors verlorengegangen.

Es ist früher Nachmittag, und wenn er den Brief oder eine Kopie desselben noch am selben Tag zur Post bringt, wird er rechtzeitig ankommen. Verstimmt verspricht er, ihn diesmal per Einschreiben zu schicken.

Mit einer Beiläufigkeit, die eigentlich nur vorgetäuscht sein kann, erkundigt sich die tote Prinzessin am nächsten Mittag, kurz bevor sie sich zu ihrem täglichen Gang zur Krankenschwester aufmacht, noch einmal, ob er den Brief auch tatsächlich abgeschickt habe.

Nein. Er habe ihn nicht abgeschickt.

Aber warum denn nicht? Hat er nicht gestern noch versichert ...?

Kaum, daß es angefangen hat, ist das richtige Leben schon eine Zumutung.

Es habe ihm nicht gefallen, verdächtigt zu werden. Wenn er sage, er habe einen Brief abgeschickt, so habe er ihn abgeschickt. Es sei besser, die Sache abzubrechen. Das führe nur wieder in eine Katastrophe.

Die tote Prinzessin schweigt.

Er sei ein rebellischer Mensch, sagt er, und habe sich schon als Junge immer geweigert, das zu tun, was von ihm verlangt wurde.

Ob er den ersten Brief nun abgeschickt hat, wie er zunächst beteuerte, oder ob er sich aus Widerspenstigkeit geweigert hat, ihn abzuschicken, wird nicht klar.

Die tote Prinzessin ist mittlerweile an einem Punkt angelangt, wo die Wut größer wird als der Wunsch zu verstehen, und sogar größer als der Überzeugungswille. Sie legt auf oder hängt ein oder drückt auf rot, jedenfalls beendet sie das Gespräch.

Sollte die Geschichte am Ende nichts anderes sein als ein Beispiel für die Zeugungspanik, die manche Frauen erfaßt und an der sicher schon mehr als ein Märchen gescheitert ist? Nein. Dies ist kein Roman über die Auswirkungen der modernen Fortpflanzungsmedizin auf das Leben heutiger Paare, es ist überhaupt kein Roman über irgendetwas, sondern einfach eine Geschichte, und diese Geschichte ist noch nicht zu Ende. Setzen wir uns zu der toten Prinzessin und warten wir es ab. Warten wir zunächst einmal den Moment ab, an dem auch diese allerletzte Chance, ein Kind zu zeugen, verstrichen sein wird. Es ist erstaunlich, was sich in den vergangenen Wochen schon wieder an neuer Hoffnung angehäuft hat, und diese Hoffnung hat einen gewissen Bremsweg.

Ich gebe zu, daß es mir schwerfällt, mich mit diesem Häufchen Elend zu identifizieren, das ich hartnäckig »die tote Prinzessin« nenne; und doch war diese in voller Fahrt gebremste, aber noch über hundert Meter weiterrutschende Hoffnung meine eigene. Ich weiß deshalb, daß die nun endgültig gestorbene Prinzessin keineswegs glaubt, der tote Ritter könne den verlangten Brief vielleicht doch noch abschicken oder direkt ins Labor bringen. Auch denkt sie nicht ernsthaft daran, ihn umstimmen zu können, und unternimmt auch keinerlei Versuch in dieser Richtung. Sie hofft oder glaubt gar nichts Bestimmtes, nur käme es ihr wie ein Todesurteil vor, das sie über sich selbst verhängt, wenn sie die Behandlung einfach mittendrin abbräche.

Eine zähe Hoffnung treibt sie noch einmal zu der Krankenschwester und am nächsten Tag noch ein letztes Mal, bis zu dem Tag, an dem der Eingriff stattfinden soll. Es ist Frühling. Sie sagt den Termin ab.

25

Lassen wir noch einmal, wie es die tote Prinzessin Tag und Nacht tut, die verschiedenen Episoden dieser Geschichte an uns vorüberziehen: den vornehmen Herrn in ihrer Wohnungstür, das Wiedertreffen Jahre später, Italien, die blaue Tasse mit ihrem Namen, das Schloß mit den vielen geschlossenen Fensterläden, das Himmelbett, die zwei Zimmer im ersten Stock, die Hündin, den Besuch bei den Eltern, Sylvester, die kalten Fleischplatten, den Plastikbecher, die Pfauen.

Sie glaubt, noch nie vor einem größeren Rätsel gestanden zu haben – von den großen Rätseln ohne Lösung einmal abgesehen, vor denen mehr oder weniger jeder steht. Sie hat alle Elemente dieser Geschichte vor sich liegen und versteht nicht, wie sie sich zusammenfügen. Was hat es mit der maßlosen Liebe dieses Märchenprinzen oder -ritters auf sich? Was ist aus ihr geworden? Kann es sein, daß ihr zum fertigen Bild ein Steinchen fehlt? Oder gibt es vielleicht gar kein Rätsel, gar kein fertiges Bild? Ist alles ganz einfach? Liebe vergeht? Oder hat es mit der Reproduktionsmaschinerie zu tun? Je länger sie nachdenkt, umso verwirrter wird sie, was ein üblicher und mitunter übler Nebeneffekt des Nachdenkens ist.

Eine Erklärung kann nur von dem toten Ritter selber kommen, der aber hat sich in seine Burg verzogen und schweigt, und als beste Freundin der Prinzessin rate ich ihr dringend davon ab, ihn zu bedrängen. Mit diesem Schweigen könnte die Geschichte enden. Warum rätselt sie noch? Hat sie nicht genug verstanden, um zu wissen, daß es nichts mehr zu retten gibt?

Sie rätselt, weil sie genau spürt, daß dieses Rätsel eines derjenigen ist, für die es eine Lösung gibt, und wenn es schon eine Lösung gibt, will sie sie auch kennen.

Nach einer Woche ruft sie in Saint-Clair oder Saint-Laurent oder wo auch immer an. Es geht niemand an den Apparat. Sie hinterläßt zwei Nachrichten mit der Bitte, sie zurückzurufen, und bekommt keine Antwort. Noch hat sie das schrille, altmodische Läuten des Schloßtelefons im Ohr, das auch in den unbewohnten Räumen zu hören ist.

Zwei Tage später schreibt ihr der tote Ritter, er sei verzweifelt, habe weder arbeiten noch stillsitzen können und sei in seiner Not für eine Weile verreist. Er flehe sie aber an zu glauben, daß er nichts sehnlicher wünsche, als bei ihr zu sein.

In der Liebe geschehen die eigenartigsten Dinge, warum nicht auch, daß man vor jemandem flieht, nach dem man sich sehnt?

Wenn sie noch eine lebendige Märchenprinzessin gewesen wäre, hätte sie diesen Widerspruch ohne weiteres hingenommen und einfach in ihr Märchen eingewoben, wie sie aus so vielem Märchenstoff gemacht hat, was sich beim besten Willen nicht dazu eignen wollte. Sie ist aber keine Märchenprinzessin mehr, sondern ein wütendes Frauenzimmer, das sich an der Nase herumgeführt fühlt, und diese wütende Person zweifelt sehr stark daran, daß der tote Ritter, der mangels Schloßhüter so selten und schon gar nicht spontan verreist, plötzlich ins Ungewisse aufgebrochen ist. Als zwei Tage später immer noch niemand ans Telefon geht, setzt sie sich in den Zug und fährt ohne Vorankündigung – wem hätte sie sich auch ankündigen sollen, ist doch niemand zu Hause – zu ihm hin.

Am Bahnhof des Städtchens, Sées oder Auxerre, gibt es zwar einen Taxistand, aber keine Taxis, und nachdem sie mehrmals umsonst auf den Knopf an der Taxisäule gedrückt hat, macht sie sich zu Fuß auf den Weg. Der Bahnhof liegt außerhalb, und der Weg führt zunächst einmal quer durch das Städtchen hindurch und anschließend eine recht befahrene Landstraße entlang, die sie vermeiden könnte, wenn sie nicht fürchtete, auf Feldwegen zu weit abzukommen. Sie durchquert ein Dorf, das sich vorstadtartig dehnt wie ein zwischen Zähnen und Fingerspitzen nur an einem Faden hängender Kaugummi, und läuft dann eine Pappelallee entlang, auf der die Autos in beiden Richtungen ohne abzubremsen an ihr vorüberjagen. Es ist kein ruhiges Wandern, das ihre Wut hätte lindern können, sondern ein Marschieren mit zusammengebissenen Zähnen und der Entschlossenheit einer vorrückenden Armee.

Nach anderthalb Stunden dieses Marschierens biegt der Feldweg ab, der zu dem ritterlichen Schloß und vorher noch an einem Gehöft vorbeiführt, aus dem die zwei scheckigen Hunde des Bauern kläffend auf sie zuspringen. Einer von ihnen schnappt nach ihrer Wade, weder richtig fest noch zum Spiel, eher wie zur Warnung, durch das Hosenbein spürt sie seine Zähne, aber sie geht weiter, ohne die Tiere zu beachten, und ich, die ich sie gut kenne, behaupte sogar, daß sie ebenso unbeirrt weitergegangen wäre, wenn der Hund wirklich zugebissen hätte. Sie ist auf ihrer Laufbahn, ein Geschoß kurz vor dem Ziel.

Der Wald, in den sie eintaucht, ist friedlich und voller sonniger Flecken, das Tor zur Märchenwelt öffnet sich wieder.

Die Hündin hört sie nicht kommen, sie beginnt erst zu bellen, als sie vor der Tür steht und läutet. Bis der tote Ritter öffnet, dauert es eine Weile. Unwillig starrt er sie an, er grüßt sie nicht, kommt nicht auf sie zu, sondern bleibt mit finsterer Miene auf der Schwelle stehen, allein die Hündin läuft hinaus, um ihr die Hand zu lecken. Warum sie gekommen sei, fragt er, eher im Ton eines Vorwurfs als einer Frage.

Es muß wohl sanftere Methoden geben, jemanden aus seinem Dornröschenschlaf zu wecken.

Sie drückt die Tür auf, die er halb geschlossen hält, tritt in den Flur und geht weiter zur Küche. Auf dem Tisch stehen eine Werkzeugkiste und eine wieder zugekorkte Flasche, in der ein drei Finger hoher Rest Wein vom Mittagessen übriggeblieben ist. Darunter rollt sich die Hündin wieder in ihrem Korb zusammen.

Sie stehen in einiger Entfernung, einander mit Blicken messend wie zwei Kämpfer, die soeben in den Ring getreten sind, als die hintere, zu den Wohnräumen führende Tür aufgeht und eine kleine Frau hereintritt, die sie für eine der zahlreichen Cousinen des toten Ritters hält, oder vielleicht für seine ihr nie vorgestellte Schwester, eine jener übriggebliebenen Verwandten jedenfalls, deren man sich ein bißchen schämt und die in manchen besseren Familien dazu angestellt werden, die Dreckarbeit zu machen; ein rundliches, verhuschtes, schüchternes Wesen. Aber im Grunde schenkt sie dieser Frau ebenso wenig Beachtung wie zuvor den kläffenden Hunden des Bauern. Sie ist auf ihrer Flugbahn.

Lass uns bitte kurz allein, Mathilde (oder Jeanne,

wenn Ihnen das lieber ist, oder Bénédicte), sagt der tote Ritter mit ruhiger, energischer Stimme, als spräche er zu einem Kind. Wir haben etwas zu besprechen.

Gehorsam läßt sich die Frau am Arm nehmen und wieder zur hinteren Tür bringen. Als sie verschwunden ist, schlägt der Ritter vor, mit dem Auto irgendwohin zu fahren und in Ruhe zu reden.

Sie rührt sich nicht vom Fleck. Ihr scheint die Küche der geeignete Ort zum Reden.

Während sie noch darüber verhandeln, ob sie nun bleiben oder wegfahren sollen, kommt die Frau wieder herein, die offenbar hinter der Tür gelauscht hat. Zu der Fremden gewandt, die auf der anderen Seite des Tisches steht, sagt sie zaghaft, als machte sie zum ersten Mal in ihrem Leben den Mund auf, um ein paar Worte zu formen, sie sei des Ritters Frau und im siebten Monat schwanger.

26

Auf dem Küchentisch steht ein grüner Plastiktopf (keiner zum Hineinmasturbieren, sondern ein Pflanzentopf mit grellvioletten Azaleen). Sie sieht eine Streichholzschachtel, auf der eine stilisierte, orangefarbene Flamme abgebildet ist. Sie sieht die ausgeblichenen Jagdszenen auf den Vorhängen. Sie sieht vor dem Fenster den großen Holzblock mit den Schlitzen, in denen Messer aller Größen stecken. An Mord denkt sie erst, als sie schon wieder zu Hause ist.

Die Frau redet weiter. Sie redet jetzt auf ihren Mann ein, der von nun an als falscher Ritter vorkommen wird. Sie fragt, was hier überhaupt vorgehe. In welchem Verhältnis er zu »dieser Frau« stehe.

Er schweigt.

Falls es bei gewissen Menschen eine genetische Veranlagung geben sollte, die sie dafür prädestiniert, statt ein halbwegs normales Leben zu leben, in Tragödien oder Boulevard-Komödien oder schlechten Filmen zu spielen, so muß die abgestürzte Märchenprinzessin wohl dazugehören. Diesmal ist sie in einen Sittenroman hineingerutscht, den die Romanciers der vergangenen Jahrhunderte – sie werden schon gewußt haben, warum – vergaßen zu schreiben.

Sie sieht die Sammlung alter Kakaodosen, die auf dem Büffet steht, die erdbraunen Spuren, die die feuchten Tatzen der Hündin auf den Steinplatten hinterlassen haben. Zwischen den Dosen weht eine kleine, papierne Europaflagge.

Warum er ihr das angetan habe, fragt die Frau, zu dem falschen Ritter gewandt. Wohl, weil sie zu häßlich sei? (Weil sie ein boudin sei, sagt sie, eine Blutwurst, wie die Franzosen unansehnliche Frauen nennen.) Oder weil sie zu dumm sei für ihn? (Weil sie keine In-tel-lek-tu-elle sei, sagt sie, die Silben, wie um zugleich ihrer Kränkung und ihrer Abscheu vor dieser Spezies Ausdruck zu geben, deutlich voneinander trennend).

Sie mag in den Dreißigern sein, Anfang oder Ende ist schwer zu sagen, sie ist alters- und anmutslos und weder schön noch häßlich zu nennen, mit ebenmäßigen Zügen, aber ohne jeden Liebreiz, jedenfalls so weit ich als nicht ganz unparteiische Erzählerin das beurteilen kann, sie hat aschblondes, halblanges Haar, das von einem Reif aus dem Gesicht gehalten wird, und einen bitteren, griesgrämigen Mund. Ihre Körperfülle ist so, daß man ihr, würde sie sich nicht beeilt haben, uns darüber zu informieren, ihre Schwangerschaft nicht angemerkt hätte. Sie trägt eine bordeauxfarbene Strickjacke über einem hellen

Rollkragenpullover und eine dehnbare, schwarze Hose, die sie vielleicht nur zu Hause anzieht, denn natürlich hat sie keinen Besuch erwartet, und sie kann in diesen schlecht geheizten, hohen Räumen unmöglich stets ihr Schloßfrauengewand tragen.

Sie dürfe sich nicht so aufregen »in ihrem Zustand«, sagt der falsche Ritter, ihr die Schulter tätschelnd, wie er ihr überhaupt ständig die Schulter tätschelt in der folgenden Stunde, wobei er sich über sie beugt wie über ein starrköpfiges Kalb, das nicht in den Viehtransporter steigen und zum Schlächter gefahren werden will. Sie solle sich doch setzen und sich beruhigen, aber die Frau will sich nicht setzen, sie will stehenbleiben und aufrecht stehend die Wahrheit, die ganze Wahrheit erfahren.

Beim nächsten Mal, das schwöre ich, *erfinde* ich eine Geschichte, eine schöne, vielleicht auch schreckliche, bestimmt aber eine ganz und gar unwahre Geschichte, denn die Wirklichkeit ist unter aller Kanone, sie hat das Niveau eines Groschenromans, und wer sich ihr ergibt, den zieht sie gnadenlos hinab in ihren Sumpf.

Einen Teil der Wahrheit, die sie wissen will, bringt die Besucherin der Schloßfrau bei, von dem falschen Ritter immer wieder unterbrochen, der es nicht zulassen will, daß die beiden Bruchstücke ihrer Wahrheiten austauschen. Dann ist es an der Schloßfrau, ihren Teil der Wahrheit preiszugeben.

Die Wahrheit ist, daß der falsche Ritter nur wenige Monate, bevor die Prinzessin ihn vor einem Jahr am Gare Montparnasse oder Saint-Lazare abholte, geheiratet hatte.

Die Wahrheit ist, daß die beiden Zimmer im Obergeschoß, für die sie die Tapete mit ausgesucht hat, das neue eheliche Schlafzimmer und natürlich das Kinderzimmer waren für das Kind, das in wenigen Wochen zur Welt kommen würde.

Die Wahrheit ist, daß der falsche Ritter seiner Frau verboten hatte – und sie es sich hatte verbieten lassen –, ans Telefon zu gehen, weshalb sie, wenn sie getrennt waren, jederzeit, auch am frühen Morgen oder am späten Abend, bei ihm, oder vielmehr bei ihnen, hatte anrufen können.

Die Wahrheit ist, daß er sie jedesmal hatte kommen lassen, wenn die Schloßfrau unterwegs (wahrscheinlich bei ihren Eltern) war.

Die Wahrheit ist natürlich, daß es nicht seine Schwester, sondern seine Frau war, die Haus und Hündin gehütet hatte, wenn der falsche Ritter mit ihr auf Reisen oder in Paris war.

Die Wahrheit ist endlich, daß die Schloßfrau zwar eine »Blutwurst« ist oder sich als solche empfindet, daß sie sich aber bewußt ist, ihre Blutwurstigkeit mit einem gewissen Geldwert aufzuwiegen. Sie sei es, sagt sie mit einer Mischung aus Empörung und Stolz, die für alles aufkomme im Haus und der auch die beiden Autos gehörten, die heute davor stehen. Er werde seine Scheidung schon kriegen, sagt sie, ganz in ihrer Rolle als betrogene Gattin aufgehend, und seinen Sohn – also ist es ein Junge – werde er nie zu Gesicht bekommen.

Wenige Augenblicke später ist ihre kleine Revolte schon wieder abgeflaut, und die Resignation hat die Oberhand gewonnen. Er müsse sich nun entscheiden.

Da gebe es nichts zu entscheiden, sagt die Besucherin in ihrer Rolle als stolze Verliererin. Das fehle noch, daß man den falschen Ritter irgendetwas entscheiden lasse. Sie für ihren Teil habe sich schon entschieden.

Auftrumpfend wirft die Schloßfrau an dieser Stelle ein, ihr Sohn sei in *Weimar* gezeugt worden.

Um die ganze lächerliche Tragweite dieses Satzes zu verstehen, muß man wissen, daß die Schloßfrau ihrerseits von der Existenz der Besucherin gewußt hatte und daß diese ihr beschrieben worden war in ihrer ganzen Herrlichkeit, nämlich als deutsche Schriftstellerin und In-tel-lek-tu-elle, mit welcher der falsche Ritter einer »intellektuellen Arbeit« nachging. Mit diesem einen Zauberwort »Weimar« will sie sie nun von dem Thron stürzen, den der falsche Ritter ihr geschnitzt hat, und sie übertrumpfen, denn die Weimar-Karte, so viel weiß sie, sticht alle anderen Dichter-Karten, und sie ist nicht nur in Weimar gewesen, sondern hat dort auch noch einen kleinen Dichterfürsten empfangen.

Während die Schloßfrau jammert, ohne sich aus der tiefen Resignation, aus der offensichtlich ihr Leben besteht, je hinauszubegeben, ist die Besucherin zu einer Art kalter Furie geworden, die verzweifelt versucht, ihre Selbstbeherrschung zu verlieren. Aber, so sehr sie es auch gewollt hätte, es gelingt ihr weder, um sich zu schlagen, noch das Geschirr vom Tisch zu wischen, noch kreischend mit kupfernen Tiegeln zu werfen. Immerhin schreit sie jetzt ein bißchen. Sie schreit *salaud, minable, imposteur, pauvre type, menteur, zéro*, schreit alle armseligen, unzulänglichen Worte, die ihr einfallen. Schreiend erinnert sie den falschen Ritter daran, daß er ihre Eltern in dieses Haus eingeladen und noch vor wenigen Wochen vor Freunden ihre bevorstehende Hochzeit angekündigt hat, sie schreit sich das Kinderzimmer von der Seele, das nicht für *ihr* Kind bestimmt gewesen war, die Klatschmohn-Tapete, sie schreit, sie schreit.

Das mit dem Kind sei doch nicht ernst gewesen, erwidert der falsche Ritter mit einer wegwerfenden Geste, und, hätte sie eine Waffe besessen, wäre das der Moment gewesen, wo er in akuter Todesgefahr geschwebt hätte.

Sie verzichtet darauf (ich fürchte, nicht um die Schloßfrau zu schonen, sondern aus Scham), ihre mißglückten Versuche, ein Kind zu bekommen, die

Beteuerungen des falschen Ritters, wie sehr er sich eines von ihr wünschte, im Angesicht der schwangeren und siegreichen Schloßfrau zu erwähnen. Man stelle sich einen impotenten Mann vor, der angesichts der unübersehbaren Erektion seines Rivalen diesem versichert, wie sehr sich ihrer beider Geliebte bemüht habe, ihn in einen ähnlichen Zustand zu versetzen. Die Demütigung ist zu groß. Sie kann nichts mehr sagen.

Eine gute Stunde lang bewegen sie sich in verschiedenen Anordnungen und Haltungen durch die Küchenkulisse wie die völlig in ihr Spiel versunkenen Hauptdarsteller einer Tragödie oder eines Lustspiels; die Hündin, in ihrem Korb unter dem Tisch, schnarchend, die Besucherin immer alleine stehend, die Schloßfrau zeitweilig sitzend, der falsche Ritter meistens in ihrer Nähe, beschwichtigend über sie geneigt. Nur einmal will er sich aus dem Staub machen, aber die beiden Frauen stellen sich ihm gemeinsam in den Weg.

Schließlich steht die gewesene Prinzessin wieder wie am Anfang in der Nähe der Haustür.

Noch einmal schreit sie.

Salaud!

Mit aller Kraft gibt sie dem falschen Ritter eine Ohrfeige. Wenn das Spucken in ihrem Repertoire nicht fehlte, hätte sie ihn durchaus gerne angespuckt.

Er legt die Hand an die Wange und verzieht das

Gesicht. Das nicht, sagt die Schloßfrau, und stellt sich zwischen sie, *je ne veux pas de ça*, das solle sie sein lassen, als habe sie vorgehabt, den falschen Ritter vor ihren Augen zu verprügeln.

Er tritt langsam ein paar Schritte zurück und beginnt leise zu weinen, und auch die Besucherin weint ein bißchen, das Knallen der Ohrfeige hat den Schraubstock gelockert, in dem ihre Kehle steckte, und dieses kurze, unterdrückte Weinen ist das letzte Gemeinsame, was sie erlebt haben.

Sie dreht sich zu der Schloßfrau um und sagt, daß es ihr leid tue, und mit »es« meint sie nicht die Ohrfeige, sondern die Lage, in die die Schloßfrau ihretwegen, wenn auch ohne ihr Wissen, gekommen ist, und im Grunde meint sie – jedenfalls im Nachhinein, wenn sie daran zurückdenkt – auch deren ganzes unfrohes, resigniertes Leben, das sie natürlich nur erahnt und von dem sie lieber nichts Genaueres wissen will.

Sie geht.

27

Nach ein paar raschen Schritten nimmt der Wald sie auf, und sie fällt in einen stockenden Gang. Es ist still zwischen den Bäumen, der Wind rührt sachte am Blattwerk, durch das die Sonnenstrahlen auf die Farne und auf die tausend grünen Sterne der Moosinseln zielen. Ihr ist, als sei sie in die Ruhe selbst, in eine unberührte und ungerührte Ruhe eingedrungen, die von dem Toben in ihrem Inneren noch größer, noch paradiesischer und noch grausamer wird. Sie ist wie eine Heulboje auf spiegelglatter See. Am Wegrand erheben sich die Baumstämme aus dunklen Veilchenmeeren, auf den Blättern der Zyklamen sind die zarten Zacken einer hellen Zeichnung zu erkennen. Ineinander verschlungen, keine eindringlich, keine hervorstechend, vertiefen Vogelstimmen den Luftraum bis in den Himmel hinein.

Sie setzt einen Fuß vor den anderen. Geht Laufen nicht so?

Als der Wald sie entläßt und sie wieder an dem Gehöft vorübergeht, lassen die Hunde sich nicht blicken. Statt links auf die Landstraße abzubiegen, läuft sie absichts- und willenlos weiter geradeaus, über ein Feld oder am Saum eines Feldes entlang, auf dem ein Traktor staubaufwirbelnd seine Bahnen zieht. Eine Stimme ruft etwas, hat womöglich schon mehrmals gerufen, bevor sie sich umdreht und einen jungen Mann sieht, sicher nicht den Bauern selbst, sondern einen Gehilfen, einen *ouvrier agricole*, der bei laufendem Motor vom Traktor gestiegen ist und auf sie zukommt.

Wo sie denn hinwolle, fragt er, nicht barsch, sondern lächelnd und behutsam, wie man einen Schlafwandler anspricht, um ihn, ohne ihn aufzuwecken, dazu zu bewegen, sich von einem Abgrund zu entfernen.

Sie antwortet, ohne zu wissen, was.

Hier könne sie nicht gehen, sagt er, das sei Privatgelände.

Sie nickt. Wieder geht sie auf die Landstraße zu, diesmal aus einer Richtung, aus der sie noch nie gekommen ist. Sie sieht noch einmal die Abzweigung des Feldwegs, an dem in einiger Entfernung das Gehöft und ihm gegenüber ein großer Schuppen liegen. Sie sieht die Stelle dahinter, wo der Wald sich öffnet und der Weg in ihm verschwindet.

In der Pappelallee, auf dem Weg zum Bahnhof zurück, beginnt das Leben »danach«, und das Leben »danach« ist schon wieder ein Leben »davor«, auch wenn sie daran noch nicht denken kann, es ist das

Leben, das seinem Ruf treu ist und weitergeht, von einer Pappel zur nächsten, von einem Morgen zum nächsten, von einer Wahrheit zur nächsten, bis zur letzten, endgültigen, von keiner anderen revidierbaren, immer wieder von vorne. Es beginnt die tyrannische, über mehrere Monate währende Herrschaft der Einzelheiten, die sich eine nach der anderen aus der Tiefe ihres Bewußtseins lösen und an die Oberfläche kommen, Erinnerungen, gewichtige und unscheinbare, kleine, die nicht damit gerechnet haben, noch einmal hervorgekramt und in ein neues Licht gerückt zu werden.

Als eine der ersten wächst die Miniatur-Porzellanfigur, die am Jahresanfang in dem Dreikönigskuchen gesteckt hatte, zu einer monumentalen Größe an. Die Mutter mit dem Kind auf dem Arm war also keine Prophezeiung und kein Grund zu hoffen, sondern im Gegenteil eine Warnung, ein versteckter Hinweis auf die schwangere Schloßfrau im Hintergrund gewesen. Wieviele solcher mißverstandener Zeichen hatte es gegeben?

Wenn sie in ihrer Wohnung und der Ritter in seiner Normandie oder sagen wir zur Feier der Stunde in der Champagne war, hatten sie mehrmals täglich miteinander telefoniert. Jedesmal, wenn sie sich mit den zärtlichsten Worten voneinander verabschiedet und sich eine gute Nacht gewünscht hatten, war er hinterher zu der Schloßfrau ins Bett gestiegen.

Wenn er nach Paris fuhr, um sie zu treffen, hatte sie ihn zum Bahnhof gebracht und nach einigen Tagen dort wieder abgeholt. Wenn er morgens und abends nach Hause telefonierte, um zu fragen, ob alles in Ordnung sei, hatte er nicht mit seiner Schwester, sondern mit der Schloßfrau gesprochen (die damit beschäftigt sein muß, sich dieselben Einzelheiten aus umgekehrter Perspektive auszumalen). Gab es überhaupt eine Schwester, oder hatte er statt »meine Frau« einfach immer »meine Schwester« gesagt? Zur Vervollständigung der Boulevardkomödie hatte er im Zug regelmäßig den Ehering vom Finger gestreift und auf der Rückfahrt wieder angelegt (als sie in der Küche standen, hatte die Schloßfrau danach gefragt).

Jede Nacht vor dem Schlafengehen, hatte er der Möchtegern-Prinzessin gesagt, lese er einen ihrer Briefe wieder, und am Morgen hatte er ihr immer wieder erzählt, wie intensiv und lustvoll er von ihr geträumt habe. Bei einem dieser wollüstigen Träume war das Kind gezeugt worden, das nun noch für wenige Wochen zusammengekrümmt in dem fleischigen Leib der Schloßfrau schwamm. Wenn er im Dunkeln den Schloßfrauenleib erklomm, lag er zugleich in einem seiner Lustträume mit der Prinzessin zusammen. Zweifellos ist sie an dieser Zeugung beteiligt gewesen. Ob sie sich nicht sogar in gewissem Sinne als die Mutter des Kindes betrachten muß?

In den folgenden Wochen und Monaten ist sie dazu verurteilt, Tag und Nacht die Schloßfrau vor sich zu sehen. Fortan wird sie diesen Bildern ausgesetzt sein, den Bildern, die sich ihr eingeprägt haben, und jenen anderen, deren sie sich genauso wenig erwehren kann, die ihrer Einbildung entstammen, ein wenig, wie wenn man gezwungen ist, in einem dünnwandigen Hotel etwa oder bei Freunden übernachtend, in eine fremde Intimität einzudringen. Sie will es nicht, und doch sieht sie bei offenen und geschlossenen Augen den Ritter auf der Schloßfrau liegen – anders als ihn auf ihr liegend kann sie sich diesen »Beischlaf« nicht vorstellen, und das ist vielleicht noch ein Glück. Es ist, als würde sie immerzu neben dem Himmelbett sitzen. Aber sie sieht die beiden auch in allen Handlungen ihres Alltagslebens, sie sieht sie am Küchentisch zu Mittag und zu Abend essen, sie sieht das Geschirr, aus dem sie essen, die Gläser, aus denen sie trinken – umso deutlicher, als sie selbst gerade noch daraus gegessen und getrunken hat. Sie sieht die Schloßfrau in ihre grauen Filzpantoffeln schlüpfen, dieselben, die sie selbst im Winter getragen hat und die des Ritters Schwester, wie er sagte, versehentlich zu klein für ihn ausgesucht hatte. Sie sieht auch die hellen Gummistiefel, in denen sie durch den Wald gegangen ist. In solch einem Haus auf dem Land gebe es immer viele alte Jacken und Schuhe in allen Größen, hatte der Ritter gesagt, die irgendwann einmal von jemandem vergessen worden sind.

Sie sieht die Magerkost vor sich, die sie immer in des Ritters Kühlschrank vorfand, nullprozentige Quark- und Joghurttöpfchen, kalorienarme Teigwaren, fettarme Remoulade. Dieses uneßbare Zeug kaufe seine Schwester ein, er werde diesen Mist demnächst wegwerfen, hatte der Ritter gesagt. Die Schloßfrau hatte sich vergeblich bemüht, ihren ausufernden Leib in Schranken zu halten, und diese magere, nach nichts schmeckende Kost war der einzige, von der Prinzessin nicht weiter beachtete Hinweis auf ihre Präsenz gewesen. Auch im Badezimmer waren alle Zeichen einer weiblichen Existenz entweder entfernt worden oder nie vorhanden gewesen, die Schloßfrau hatte keinen Raum für sich gehabt, keinen weiblichen Krimskrams und keinen eigenen Tisch, und mithilfe der nullprozentigen Kost hatte sie versucht, auch ihren Körper noch verschwinden zu lassen, aber der Körper hatte sich gegen das Verschwinden gewehrt und sich aus Trotz sogar ausgedehnt.

Vieles, unaufzählbar vieles andere kommt ihr in den Sinn, zum Beispiel des Ritters Versicherung, er sei noch nie im Dorf oder im Städtchen mit einer Frau gesehen worden; als sei die eigene Frau keine Frau, sondern der mitgeführte Einkaufskorb, oder als sei sie auf der Straße genauso unsichtbar wie zu Hause, einfach nicht vorhanden.

Die Schloßfrau hatte sich derart unterwürfig in ein Frauenschicksal aus einem anderen Jahrhundert gefügt, daß sie für eine Frau aus der Neuzeit leicht zu übersehen gewesen war, und die Möglichkeit eines Aufbegehrens schien ihr nicht in den Sinn gekommen zu sein.

Aus schlechten Filmen und Stücken sind die vielen abgedroschenen Ehebruchrituale, vom versteckten Ehering bis zum Liebhaber im Schrank, jedermann, der das Glück hat, noch nicht selbst damit in Berührung gekommen zu sein, zur Genüge bekannt. Seltener geschieht es wohl, daß ein Mann sich größere Mühe gibt, seiner Geliebten seine Frau zu verheimlichen als umgekehrt – und daß ihm das auch gelingt. (Ein eindeutiger, wenn auch verquerer Fall von Bigamie, sagt Léa oder eine andere, die auch eine Meinung zu den Geschehnissen hat.)

Als der Zug einige Stunden später langsam in einen Pariser Bahnhof einfährt, dreht die wie von einer langen Reise Zurückkehrende den Kopf von dem Fenster weg, aus dem sie die ganze Fahrt über blind hinausgesehen hatte, und zum Inneren des Waggons hin. Ihr gegenüber sitzt eine Frau, die aus dem Fenster blickt und sich dabei mit den Augen immer wieder an einem bestimmten Gegenstand, einem Plakat vielleicht oder einem Riß in einer Fassade oder einem Löwenzahn zwischen den Gleisen, festhakt und wieder losreißt oder vielmehr von dem fahrenden

Zug losgerissen wird, sich wieder einen neuen Ruhepunkt sucht, sogleich wieder losgerissen wird und so fort. Die zuckenden, flackernden Augen in dem reglosen Frauengesicht, das immer neue, vergebliche Sich-festhalten-Wollen und das unfreiwillige Weiter-fortgezogen-Werden, erscheinen ihr, während der Zug quietschend seinen Bremsweg antritt und schließlich zum Stehen kommt, als das Inbild, oder als eines der vielen Inbilder des Lebens selbst.

28

Die Geschichte freut sich über das Unglück der Prinzessin. Sie fürchtete schon, in einem schönen, heilen, langweiligen Familienleben enden zu müssen. Begeistert von der Wendung, die sie nun genommen hat, möchte sie am liebsten in allen Einzelheiten erzählt und gehörig ausgeschmückt werden, was ich ihr zu Gefallen auch mit besten Kräften versuche, und dies nun schon zum zweiten Mal. Hab Einsicht, Geschichte, und gib zu, daß du Unmögliches von mir verlangst. Wie soll man von einem Unglück erzählen, das einem selbst widerfahren ist? Wenn du weiter darauf bestehst, erzählt zu werden, werde ich wahrscheinlich bald zum dritten Mal von vorne anfangen müssen.

Da ist einerseits die Peinlichkeit des Geständnisses, eine Frau, ja, das ist man, das kann man nicht leugnen, und ein bestimmtes Alter und einen Eisprung hat man auch, hat man noch, ogottogott, und dann der Plastikbecher, die Küchenszene, der dicke Bauch. Über all das muß man sich hinwegsetzen und so tun, als habe man keinerlei Schamgefühl, oder sich gleich jeglicher Scham als einer ganz und gar anachronistischen Regung entledigen, weg mit dir, jetzt lassen wir die Eier springen, und wem oder was würde man lieber sein Schamgefühl opfern als der Literatur.

Da ist weiter das Pathos, das sofort aufkommen will, sobald man seinen Schmerz auch nur ein kleines bißchen ernstnimmt, aber wie soll man ihn nicht ernstnehmen, wie soll man über die Kugel spaßen, die einen gerade getroffen hat? Zudem: nichts gegen Pathos, aber bitte nicht in Verbindung mit postkoitalen Tests und künstlicher Besamung.

Und schließlich ist da das brave Opferlamm, als das man selbst durch die Seiten trottet, oje, die Arme, erst ist ihr also dies, dann dies und zum Schluß auch noch jenes Schreckliche passiert. Da kann man eigentlich gleich ein Spendenkonto einrichten und mitfühlende Leser zu einer wohltätigen Gabe animieren. Kurz, es wird einem nicht leicht gemacht, weder im Leben noch im Das-Leben-Erzählen.

Die Geschichte aber freut sich doppelt: Es scheint, als sei sie am Ende angelangt, aber sie ist es noch nicht, sie hat noch etwas in der Hand, wovon gleich noch die Rede sein wird. Wie ein Sterbender, dessen Herz schon nicht mehr schlägt, bäumt sie sich noch ein letztes Mal auf und schnappt nach Luft, bevor sie endgültig in sich zusammensackt und sich nur noch ihres schönen Endes freuen kann, falls mir dieses gelingt.

Ich war wieder in meiner Wohnung zurück, alles war vorbei, ich war wieder ich. Die Tage sind lang, wenn man von früh bis spät und vor allem nachts im Kino sitzt und ohne Pause die Erinnerungen eines ganzen Jahres vor sich ablaufen oder aufblitzen oder auf einen einstechen sieht. Es war wie Rheuma: Jede Bewegung in meinem Hirn – und die Bewegungen geschahen unaufhörlich und gegen meinen Willen –, jeder Gedanke tat weh. Hinzu kam, daß der Ritter, von dem ich seit jenem denkwürdigen, nein, denkunwürdigen Küchenauftritt nichts mehr gehört hatte, mir fehlte. Erst allmählich wurde mir klar – vielmehr wurde mir blitzartig klar, aber meine Gefühle hinkten, wie es meistens geschieht, der Erkenntnis noch eine Weile hinterher –, daß es nicht *er* war, der mir fehlte, weil es *ihn*, den ich geliebt und Ritter genannt hatte, daß es diesen Menschen gar nicht gab und auch nie, außer in meiner Einbildung, gegeben hatte, und dieser Gedanke war einigermaßen beunruhigend, denn umgekehrt war ich wohl auch für den falschen Ritter als leibhaftiger Mensch nicht vorhanden gewesen. Es waren zwei Phantome, zwei Luftgebilde, die sich da in den Armen gelegen hatten. Kann man jemanden vermissen, den es nicht gibt?

Aber während für ihn der Traum von Anfang an die Form eines Doppellebens angenommen hatte und eine Art Maggi (was die Franzosen nicht umsonst wie »Magie« aussprechen) in der faden Suppe seines Alltagslebens war, hatte es für mich nichts anderes als diesen Traum gegeben. Ich hatte mein ganzes Vertrauen einem Wesen aus Luft, oder vielmehr einem Hochstapler und Halunken geschenkt. Was mich besonders beunruhigte dabei, war die Tatsache, daß ich diesen Hochstapler und Halunken für einen untadeligen, durch und durch aufrechten, zuverlässigen und natürlich ehrlichen Menschen gehalten hatte. Bei einer solchen Menschenkenntnis war es ein Wunder, daß ich überhaupt noch lebte und nicht vertrauensselig jeden beliebigen Serialkiller auf meinem ausklappbaren Sofa übernachten ließ. (In manchen Situationen ist es ratsam, sich die Schrecken vorzustellen, denen man bisher entronnen ist.)

Andererseits hatte meine Fähigkeit, Menschen zu lieben, die es nicht gab, vielleicht auch etwas Tröstliches, denn warum sollte eigentlich des Ritters plötzliches Verschwinden an dieser Liebe, die gar nicht ihm gegolten hatte, etwas ändern? Konnte ich nicht weiterhin eine Luftgestalt lieben? Nein, die Luftgestalt hatte einen Leib gebraucht, in dem sie sich verstecken konnte. Ohne diesen Leib – oder einen anderen? – konnte sie nicht überleben.

Dieser leibhaftige Mensch, wer war er gewesen? In einem Roman des französischen Schriftstellers Henri Thomas, in dem es um einen, wenn auch ganz anders gearteten, Fall von Bigamie geht, las ich den Satz: »Wenn die unbestreitbare Wirklichkeit, sei es die einer fremden Existenz, uns einholt, habe ich, was mich betrifft, den Eindruck, die Mauer berührt zu haben, die sich bildet, so lange wir leben, und die uns schließlich unter ihrem Stein begräbt.«

Die Wirklichkeit des falschen Ritters reimte ich mir nach dem Küchenauftritt folgendermaßen zusammen: Ein Mensch mit schwachem Selbstbewußtsein, der sich aber seiner Herkunft und Erziehung wegen dennoch den meisten Menschen überlegen fühlt, verliebt sich in eine Märchenprinzessin (in eine Frau, die ihm als eine solche erscheint). Diesem »Ideal« fühlt er sich nicht gewachsen – wie könnte man sich auch einem Ideal gewachsen fühlen –, und so träumt er zwar jahrelang von der Märchenprinzessin, unternimmt aber nie den geringsten Versuch, ihr näherzukommen. Aus Resignation, aber auch weil er Geld braucht, um seinen Besitz erhalten zu können, und vermutlich einen Erben, heiratet er lange Zeit später eine ihm untertänig ergebene, wohlhabende Frau – und trifft kurz darauf die Märchenprinzessin wieder. Plötzlich erscheint zwischen ihnen alles möglich, wovon er geträumt hatte, und er beschließt, seinen Traum zu leben, als gebe es die schäbige Wirklichkeit nicht, die er sich geschaffen hat. Er weiß von Anfang an und stellt sich darauf ein, daß dieser gelebte Traum von kurzer Dauer sein würde, weil er sein Lügengebäude nicht lange würde aufrechterhalten können. So lang es geht, will er den Traum aber auskosten, und die Märchenprinzessin macht es ihm leicht: Sie ist nicht als Märchenprinzessin auf die Welt gekommen, sondern hat schon einiges Nicht-Märchenhafte erlebt oder erlitten oder (Spendenkonto?) durchgemacht, was auf den ersten Seiten dieses neuen Manuskripts zu einer Vorgeschichte kondensiert worden ist. Für falsche Ritter und Heiratsschwindler aller Art ist eine Trostsuchende ein perfektes Opfer. Sie schenkt ihm ein unbedingtes Vertrauen, und er tut alles, um dieses Vertrauen zu nähren; er sagt ihr, sie sei der einzige Mensch, den er auf der Welt habe, noch nie habe ein Mann sie geliebt wie er, noch nie sei sie wirklich geliebt worden, sagt ihr alles, was Märchenprinzessinnen gerne hören wollen. Unter dem arschlochartig gefälteten Himmel des Louis-XV-Bettes schwängert er die runde Schloßfrau. Er lebt weiter den Doppellebentraum und vergißt darüber die tatsächlichen Umstände seines Lebens, darunter die »anderen Umstände« seiner Frau.

War so oder so ähnlich des falschen Ritters Wirklichkeit? Mir war nicht ganz klar, wie man ein ganzes Jahr lang die eigene Frau und damit das eigene Leben vergessen kann, dazu war ich wohl nicht vergeßlich genug, aber das schien mir die Frage, an der alles hing und an der sich die Schuld des falschen Ritters maß: Hatte er tatsächlich vergessen, daß es die dicke Schloßfrau gab, und sich seiner Märchenprinzessin, wenigstens, so lange er bei ihr war, mit Leib und Seele hingegeben?

Das Urteil lautet: nein (und die Strafe: lebenslänglich). In den entscheidenden Augenblicken waren ihm seine wirklichen Lebensumstände immer rechtzeitig wieder eingefallen. Das Märchengebilde, das er in den Armen gehalten hatte, war tatsächlich aus Luft gewesen, eine aufblasbare Puppe, deren einziger Zweck es war, ihm Lust zu bereiten. Er war auf der Hut gewesen. An den gefährlichen, den fruchtbaren Tagen hatte er es vermieden, seinen Samen in die Puppe fließen zu lassen. Und an dieser Stelle muß leider, lesen Sie darüber weg, wenn es Sie stört, noch einmal der postkoitale Test erwähnt werden, denn es ist eine Geschichte, in der die fruchtbarsten mit den furchtbarsten Tagen zusammenfallen: Erst jetzt, da ich längst keine Märchenprinzessin, noch nicht einmal eine tote, mehr war, begriff ich, warum die leidenschaftliche Liebesnacht, nach der dieser Test vorgenommen worden war – die fruchtbarste des Monats, wie der Ritter wußte, deren Fruchtbarkeit zuvor mit medizinischen Mitteln gesteigert worden war –, warum also jene Nacht keinerlei Spuren hinterlassen hatte: der falsche Ritter, den ich von nun an nicht mehr den falschen Ritter, sondern den Halunken nennen werde, hatte sich *vorgesehen*. Er hatte gewußt, daß er, von den seltenen, hoffnungsmedizinisch unterstützten Tagen, von denen er natürlich informiert war, einmal abgesehen, kein großes Risiko einging. Und so hatte er auch gewußt, wann er sich vorsehen mußte.

Der Ritter war ein Scharlatan, und so werde ich ihn im letzten Teil der Geschichte auch nicht mehr Ritter, sondern den Halunken nennen. Und seine aufblasbare Puppe? Sagen wir: die Rächerin.

29

Kurz nach dem Küchenereignis, als die Rächerin, an ihrer Rache schmiedend, vom Einkaufen zurückkam, rief aus dem dritten Stock des Altersheimes der Rue Saint-Sauveur ihr Nachbar Dov zu ihr hinunter.

Wo sie die ganze Zeit gewesen sei?

Als sie im Café saßen, kam er, als könne er ihre Gedanken lesen oder ihre inneren Filme sehen, sofort auf schwangere Frauen zu sprechen. Die Wünsche einer Schwangeren müsse man um jeden Preis erfüllen, sagte er, egal, welche Schwierigkeiten dabei zu überwinden seien. Wenn es einer Schwangeren nach Kirschen oder nach Erdbeeren gelüste und man ihr keine bringe, sei die Gefahr groß, daß das Kind mit einer Erdbeernase oder mit einem großen, kirschroten Muttermal auf die Welt komme. Jedes unerfüllte Begehren, aber auch jeder Schreck oder Tick könne von der Mutter auf das Kind überspringen und unauslöschliche Spuren hinterlassen.

Um seine Worte zu unterstreichen, erzählte Dov, als er noch in Israel verheiratet gewesen sei, habe auf demselben Hausflur, die Tür direkt gegenüber, eine alte Frau gelebt, die unter einem nervösen Tick gelitten habe. Während seine Frau schwanger war, habe er immer befürchtet, sie könne dieser Nachbarin mit dem zuckenden Gesicht begegnen und deren Tick könne auf das Kind übergehen. Er habe sich schon vorgestellt, wie das Neugeborene, kaum aus dem Mutterbauch herausgepreßt, anfangen würde zu zucken (um seine Ängste zu verdeutlichen, fing er an dieser Stelle an, Grimassen zu schneiden und die eine Gesichtshälfte in kurzen Abständen zu verkrampfen). Mehrmals habe er seine Frau davor gewarnt, aber sie habe nicht auf ihn hören wollen, und eines Tages habe er die Tür zu seiner Wohnung geöffnet, und drinnen habe die alte Nachbarin bei seiner Frau gesessen und ihn zuckenden Auges gegrüßt.

Und, hat das Kind einen nervösen Tick abbekommen? wollte die Rächerin wissen.

Gottseidank nicht.

Sie dachte daran, wie sie des toten Ritters schwangerer Schloßfrau erschienen war, mit vor Zorn zuckendem Gesicht. Ob ihr Entsetzen und ihre Wut bei dem Kind wohl irgendwelche Spuren hinterlassen würden? Ihr graute vor der Vorstellung, wie wohl ein Kind zwischen dem Halunken und der nullprozentigen Schloßfrau aufwachsen würde.

Seit jener Stunde in der Küche hatte sie nie wieder etwas von ihm gehört, es war kein Anruf mehr gekommen, kein Brief, keine Nachricht, kein noch so ungenügender Versuch einer Erklärung, geschweige denn einer Entschuldigung. Vierzehn Tage später erhielt sie mit der Post den von ihr angeforderten Schlüssel zu ihrer Wohnung. Er steckte wie ein zu Zwecken der Spurensicherung verpacktes Beweisstück in einem durchsichtigen Plastiktütchen, das wiederum sorgfältig in ein Stück luftgepolsterter Folie eingewickelt war, der Luftschlüssel zu einem Luftschloß, das mit einem lächerlichen Knall geplatzt war. In dem Umschlag kein Brief, kein Kärtchen, kein Wort.

Das Beste für die Rächerin und zugleich die beste Rache wäre natürlich gewesen: augenblickliches Vergessen. Leider hatte es keinen Sinn, diese beste aller Lösungen auch nur in Erwägung zu ziehen, weil sie sich dazu in ein künstliches Koma hätte versetzen lassen müssen. Schon eher in Frage kamen Mord durch Erschießen oder Erstechen, langsame, mit stumpfem Messer vorgenommene Entmannung bei an Himmelbettpfosten festgebundenen Gliedmaßen, Haut-Abziehen, Teeren und Federn, bei lebendigem Leibe Begraben. Ihr Zorn und ihre Kräfte hätten zweifellos für einen Mord ausgereicht. Glücklicherweise verfügte sie aber nicht nur über die Kräfte des Zorns, sondern auch über einen Kopf, der diese Kräfte zügelte und der sie schließlich von der Folterstrafe wieder abbrachte. Irgendetwas mußte aber geschehen. Der Halunke mußte daran gehindert werden, weiter mit der Maske des idealen Schwiegersohnes durch die Welt zu laufen. Die Normannen oder Pikarden oder Burgunder sollten wissen, welch gut beleumundeter Halunke da mitten unter ihnen lebte.

Sag mal, muß das denn sein, diese Rache? fragte ich in der Rolle der Ratgeberin und der besten Freundin, die ich schon mehrfach innehatte. Rache üben ist etwas Häßliches, wonach es einen zwar manchmal gelüsten kann, aber diesen Gelüsten darf man nicht nachgeben. Denk nicht mehr daran, sagte ich, und lass die Rache den Sizilianern.

Aber um mich hören zu können, hätte die Rächerin ihr Heim- oder Kopfkino verlassen müssen, in dem immer wieder der gleiche Film abgespult wurde und in dem ihr immer neue Einzelheiten ins Auge und in die Magengegend sprangen. Sie sah sich wieder in der Schloßküche stehen – im Geiste stand sie dort nun tagelang, als sei sie für den Rest ihres Lebens als Köchin angeworben – und der Schloßfrau berichten, was sie und der tote Ritter alles vorgehabt hatten, und wieder fiel er ihr ins Wort, wie er das an jenem Nachmittag getan hatte, und wollte sie zum Schweigen bringen: *C'est fait*, hatte er gesagt, es (der Betrug) sei doch nun geschehen und nicht mehr rückgängig zu machen, und es sei doch wohl unnötig, das alles jetzt noch der Schloßfrau zu erzählen. Dieses *C'est fait* schien ihr unerhörter als unerhört. Sie lag im Bett und lauschte wieder und wieder den tausend kleinen Einzellügen, aus denen ein Lügengebäude dieser Ausmaße im wirklichen Leben besteht.

30

Einige Tage später war die Rächerin ein allerletztes Mal in die Normandie oder Bourgogne unterwegs. Sie saß diesmal nicht im Zug, sondern in einem Mietwagen und umkreiste die halbe Stadt auf dem Périphérique, um auf die richtige Autobahn zu kommen. Der Verkehr war zäh oder klebrig oder stockend und versuchte nach Kräften, sie aufzuhalten, aber es gab kein Zurück mehr, wie es heißt, vielmehr hätte es wohl ein Zurück gegeben, aber bloß im Raum, nicht in der Zeit, was sie nicht sonderlich interessierte. Es war ein Nachmittag im Mai. Sie hatte die Fahrt sorgfältig geplant, die Vorbereitungen hatten mehrere Tage in Anspruch genommen. Im Marché Saint-Pierre, dem größten Textilgeschäft der Stadt, unterhalb des Sacré-Cœur, hatte sie fünfzehn Meter billigen weißen Baumwollstoff gekauft und in mehrere große Streifen schneiden lassen. Im Bazar de l'Hôtel de Ville hatte sie zehn einsachtzig lange Holzstäbe, einen Gummihammer und eine große Plastikplane, bei Rougier & Plé, Boulevard des Filles du Calvaire, schwarze Stoff-

Farbe, Pinsel und eine Spraydose erworben. Auseinandergefaltet hatte die blaue Plastikplane fast die ganze Grundfläche ihrer Wohnung eingenommen. Nacheinander hatte sie die Stoffbahnen darauf ausgebreitet und in großen, säuberlich gemalten Buchstaben des Ritters vollen oder leeren, jedenfalls reichlich langen Namen und einige Worte, die keine Schimpfworte waren, sondern eher neutral formulierte und, wie sie fand, geradezu objektive Beschreibungen darauf geschrieben.

Die Rachevorbereitungen hatten eine erfreuliche Wirkung: Sie brachten sie zum ersten Mal wieder zum Lachen. Schon, als sie den Gummihammer aussuchte und die Holzstäbe in der richtigen Länge und die Spraydose, mußte sie lachen. Als sie sich dann auf allen Vieren, den Pinsel in der Hand, über die Stoffbahnen gebeugt sah, war sie geradezu vergnügt. Und als sie schließlich die beschriebenen und getrockneten Stoffbahnen bügelte (fünfzehn Meter Bügelarbeit), um die Farbe zu fixieren und zu verhindern, daß die Schrift gleich beim ersten Regenguß zerliefe, war sie nicht mehr zu halten.

Die Rache war eine Bastelarbeit. Am Ende spitzte sie die Holzstäbe mit dem Messer an einer Seite an und nagelte die beschrifteten Stoffbahnen am anderen Ende fest. In dem gemieteten Peugeot 207 lagen die Spruchbänder nun neben ihr auf dem zurückgeklappten Beifahrersitz, fünf zusammengerollte

Wahrheiten, die sich unaufhaltsam oder jedenfalls zielsicher ihrem Bestimmungsort näherten.

Am frühen Abend kam die Rächerin im Städtchen an, nahm ein Zimmer in der *Auberge au Lion d'Or* oder im *Hôtel de l'Orne* und fuhr dann gleich wieder los, um noch bei Tageslicht geeignete Plätze für ihre Spruchbänder zu suchen. Als sie glaubte, mehrere gute Standorte gefunden zu haben, fuhr sie zurück und ging im besten Restaurant des Städtchens, *Aux trois écus* oder *La Ferme Normande*, zu Abend essen. Das Lokal war von der pompösen und zugleich billigen Geschmacklosigkeit, die französischen Provinzgaststätten häufig eigen ist; auf die gepolsterten Stühle mit den thronartig hohen Rückenlehnen fiel ein funzeliges Deckenlicht. Die Rächerin bestellte sich ein Glas Champagner zum Aperitif, eine »Champagnerflöte«, wie die Franzosen die schmalen hohen Gläser nennen. Die Kellner taten geschäftig, obwohl sie ungefähr in der gleichen Anzahl wie die Gäste waren, die aus mehreren allein speisenden Herren, vermutlich Handelsreisenden (Geschäftsmännern?), und einem mit zwei überkreuz sitzenden Ehepaaren (Apotheker und Notar mit den dazugehörigen Gattinnen?) besetzten Viererstisch bestanden. Die angebrochenen Weinflaschen der wenigen Gäste standen auf einer Anrichte an der Wand, so daß für jedes immer nur zu einem Drittel gefüllte Glas ein Kellner herbeigewunken werden mußte. Auf überdimensionalen, dreieckigen Glastellern wurden

Speisehäufchen, aus denen federbuschartig ein Rosmarinzweiglein herausragte, herbeigetragen.

In ihrem Hotelzimmer zurück, überdachte die Rächerin noch einmal, was sie in der Nacht vorhatte, und legte fest, in welcher Reihenfolge sie die Spruchbänder anbringen wollte (die exponiertesten Standorte am Schluß, damit, falls sie erwischt werden sollte, wenigstens schon an ein paar unauffälligeren Stellen welche standen). Der Halunke wohnte unweit des Städtchens, außerhalb jeder Ortschaft, zwischen zwei Dörfern, und in dieser Gegend sollten die Wahrheiten bei Nacht und Nebel entrollt und verstreut werden.

Sie legte sich auf das Hotelbett und versuchte zu schlafen, aber neuerdings hatte jedes Zimmer, in dem sie sich befand, die Eigenschaft, sich – vornehmlich nachts – in des falschen Ritters Küche zu verwandeln. Wieder sah sie die Schloßfrau vor sich, die kleinen Hände auf die breiten Hüften gestemmt, den Siegelring mit dem Familienwappen am kleinen Finger. Auf dem Gasherd stand ein eingedellter Blechtopf. Unter dem Tisch seufzte die Hündin im Schlaf. Im Hotel war ab elf Uhr alles still.

Langsamer, als je irgendwo ein Zug einfuhr, kroch die Nacht in Richtung Morgen. Die Rächerin hatte ihren Feldzug für vier Uhr morgens geplant, aber um viertel vor drei hatte sie es satt, mit offenen Augen im Bett zu liegen und sich den Einzelheiten als Opfer darzubieten; sie stand auf, zog sich an und verließ den Raum. Um so wenig Lärm wie möglich zu machen, schloß sie die Zimmertür nicht ab und verzichtete auf den Aufzug. Die Treppe führte sie direkt vor eine seitliche, auf den Hotelparkplatz hinausgehende Tür. Zwar stand das Mietauto nicht dort, sondern auf der Straße, aber wenn sie die Seitentür nahm, durch die sie am frühen Abend schon einmal das Haus verlassen hatte, mußte sie nicht das ganze Hotel durchqueren. Um wieder hereinzukommen, würde sie den Schlüssel benutzen, den man ihr – freilich nicht für nächtliche Ausflüge, sondern für den Fall, daß sie nach elf vom Essen zurückkäme – an der Rezeption ausgehändigt hatte.

Unten war alles ruhig. Zwar ohne Handschuhe, aber im schwarzen Sprayer-Kapuzenpulli, trat die Rächerin aus der Tür und drückte sie leise hinter sich zu.

Die Alarmanlage sprang an, kaum, daß sie sich zwei Schritte vom Hotel entfernt hatte (Lichtschranke, dachte sie später). Das eindringliche Pfeifen mußte in der ganzen Umgebung zu vernehmen sein, und es hörte nicht wieder auf. Einen kurzen Moment lang blieb die Rächerin wie eine auf frischer Tat ertappte und von einem Scheinwerferkegel erfaßte Diebin stehen, dann rannte sie los, stand aber schon nach wenigen Metern vor einem hohen Gitter. Der Parkplatz war nachts abgeschlossen und das Gelände von einer Mauer umgeben. Sie lief zum Haus zurück, aber die Seitentür, durch die sie herausgekommen war, war von außen nicht zu öffnen. Sie war bei gellender Alarmanlage auf dem Parkplatz gefangen. – Na, kleine Rächerin, jetzt vergeht dir wohl das Lachen?

Qui va là? rief aus einem Fenster im dritten Stock eine Frauenstimme, die vermutlich der Chefin gehörte.

Kann es sein, daß man in solche Situationen kommt? dachte die Rächerin. Kann es sein, daß ich es bin, die auf diesem idiotischen Parkplatz steht und die Augen ängstlich zu der wütenden Hotelchefin hebt?

Pardon, sagte sie mit zaghafter Stimme. Sie habe geglaubt, durch diese Tür das Hotel verlassen zu können.

Ah, mais c'est pas vrai, das kann doch nicht wahr sein, kam es von oben herunter.

Nach einer Weile ging der Alarm aus und der Chef stieg in seine Hose und zu der Rächerin herab. Ohne ihr eine Frage zu stellen, wofür sie ihm außerordentlich dankbar war, ließ er sie erst durch die Seitentür wieder ins Hotel hinein und dann durch die Haupttür wieder heraus. Auf Beinen, in denen plötzlich keine Knie mehr waren, stieg sie in den Mietwagen, wo sie die Wahrheiten und die Tüte mit der Spraydose und dem Gummihammer gelassen hatte, ließ den Motor an und fuhr los.

31

Der Rachezug hatte denkbar schlecht begonnen. Warum hatte sie auch ein Hotelzimmer genommen, in dem sie doch nicht hatte schlafen können, statt um zwei Uhr nachts in Paris loszufahren und am frühen Morgen nach vollendeter Wahrheitsverbreitung wieder zurückzukehren? Sie hatte alles durchdacht und sorgfältig geplant, aber offenbar war die Wirklichkeit, sobald es an Nacht-und-Nebel-Aktionen ging, sehr an den Kriminalroman angelehnt: Immer gab es ein winziges Detail, das der Täter übersehen hatte und durch das er schließlich gefaßt wurde. *Le crime était presque parfait.* In ihrem Fall handelte es sich allerdings nicht um ein Detail, sie hatte ihre Tat sozusagen im voraus unterschrieben.

Ziellos fuhr sie durch die Außenbezirke von Sées oder von Auxerre, in der Hoffnung, beim Fahren langsam wieder Knie zu bekommen und sich zu beruhigen. War so einem Mörder zumute, der sein Vorhaben von langer Hand vorbereitet hat und dem in letzter Sekunde etwas in die Quere kommt? Ein Niesen zur unrechten Stunde? Ein anschlagender Hund?

Das Sich-Ausmalen des Rachefeldzugs hatte der Rächerin in den letzten Wochen eine gewisse, wenn auch völlig unzulängliche Genugtuung verschafft. Hätte sie sich damit nicht einfach begnügen und das Ganze hier abbrechen sollen?

Aber, so gern sie auch ihr Vorhaben aufgegeben hätte und nach Hause gefahren wäre, sie saß in der Falle – nicht mehr in der Parkplatzfalle, sondern in einer selbst aufgestellten. Sollte sie etwa nach Tagen sorgfältiger Planung und erbitterter Bastelarbeit in letzter Minute aufgeben und mit ihren mühsam angefertigten Baumwollwahrheiten wieder nach Hause fahren? Nein, aufgeben kam nicht in Frage; sie hätte sich zu elend gefühlt. Also dann los, flammenspeiende Rächerin, sei tapfer. Und sag Dir, daß aus einer Rache zu solch nächtlicher Stunde auch ohne den Parkplatz-Zwischenfall eine Mutprobe geworden wäre.

Es war viertel nach drei, die Fensterläden waren geschlossen, die Straßen, wie an einem Wochentag zu dieser Uhrzeit in Sées oder Auxerre nicht anders zu erwarten, menschenleer. Trotzdem fehlte ihr, als sie durch das Ortszentrum fuhr, der Mut, um auf dem Hauptplatz, den sie sich als möglichen Standort ausgesucht hatte, zu beginnen. Sie lenkte den Wagen auf die Landstraße, die sie an dem Enthüllungstag entlanggelaufen war, fuhr über das erste Dorf hinaus, an der Stelle vorbei, wo der Feldweg zu dem

Halunkenhaus abbog. Im nächsten Dorf war alles tot und zugleich hell erleuchtet. Sie stellte den Peugeot unter Bäume, die ihn vor den Laternen abschirmten, und wartete, bis das Deckenlicht im Wageninnern erloschen war. Es war kein Mensch zu sehen, aber manchmal – äußerst selten – fuhr trotz der späten oder frühen Stunde ein Auto vorbei. Sie stieg aus, ohne die Autotür zuzuschlagen, holte die erste Wahrheit und den Hammer hervor und trug sie bis zu dem kleinen Bürgermeisteramt, der Mairie, an deren Fassade schlaff die blauweißrote Fahne herunterhing. In dieser überbelichteten Filmkulisse war es endlich nicht mehr der endlose und quälende Erinnerungsfilm, der vor ihren Augen ablief, sondern ein harmloser französischer Spielfilm aus den Nachkriegsjahren.

Vor der kleinen Bürgermeisterei lag, wie eigens für ihren Rachefeldzug angelegt, ein kleiner Rasen. Dort schlug sie die angespitzten Holzstäbe in die Erde. Die Schläge mit dem Hartgummihammer hallten laut im kleinen Häuserrund des Dorfplatzes, aber alle Fensterläden blieben geschlossen. Als sie wieder eingestiegen war, näherte sich ein Auto, fuhr aber ohne anzuhalten oder abzubremsen an der Mairie, dem davor aufgebauten Schild und der Rächerin vorbei und entfernte sich wieder.

Nachdem der Anfang gelungen war, waren auch allmählich ihre Knie wieder da. Sie verteilte weitere

Wahrheiten an der Landstraße, davon eine an der Abzweigung zum Halunkenhaus. Mit der Spraydose übersprühte sie auf mehreren Zirkusplakaten das halbmondförmige Lachen eines Clowns.

Die letzten beiden Spruchbänder stellte sie mitten in dem Städtchen auf, das sie kurz zuvor unverrrichteter Dinge verlassen hatte. Auf dem Hauptplatz, *Place du Général Leclerc* oder *Place de la République*, hatte sie ein frisch umgegrabenes, also mit lockerer Erde versehenes, dazu günstigerweise noch podestartig erhöhtes Blumenbeet lokalisiert, in das sie die vorletzte Wahrheit pflanzte, auf daß sie gedeihe und Früchte trage. Die letzte wurde vor der Kirche plaziert.

Um kurz nach vier lag die Rächerin wieder auf ihrem Hotelbett und starrte an die Decke, wo sofort wieder der Film der Einzelheiten losging. Auf dem Parkplatz an der Kirche, wo jetzt die letzte Wahrheit stand, hatte der falsche Ritter geparkt, als sie ihn das erste Mal besucht und er ihr das Städtchen gezeigt hatte. In dem kleinen Bürgermeisteramt des Dorfes, vor dem nun die erste Wahrheit zu lesen war, hatte er geheiratet – an der Decke lief der Sylvesterabend ab, an dem er allen Anwesenden seine bevorstehende Heirat mit der Märchenprinzessin verkündet hatte. Der Bürgermeister, den man wohl oder übel würde einladen müssen, war eben der, der ihn und die Schloßfrau vor nicht allzu langer Zeit getraut hatte. Die kalten Fleischplatten, die er aus der Dorfmetzgerei (dem Bürgermeisteramt gegenüber) hatte kommen lassen wollen und die nun an der Zimmerdecke zu kalten Fleischbergen anwuchsen, waren auf seiner Hochzeit verspeist worden, und das Hochzeitsfoto, das die Lokalzeitung abdrucken würde, war längst erschienen. Jedesmal, wenn er über ihre bevorstehende Hochzeit zu sprechen schien, hatte er ihr in Wirklichkeit detailgetreu seine bereits stattgefundene Hochzeit beschrieben.

Ich glaube, daß ich irgendwann doch noch eingeschlafen bin.

32

Als ich aufwachte, regnete es, und ich war keine Rächerin mehr, sondern schon wieder nur ich selbst. Ich stellte mir vor, wie die mit Regen vollgesogenen Wahrheiten zu dieser Stunde vermutlich durchhingen und welch kläglichen Anblick sie wohl boten. Unter gewaltigen Anstrengungen hatte ich eine wahrhaft lächerliche »Tat« begangen.

Im Frühstücksraum ließ sich die Chefin nicht blicken, und der Chef bediente mich so freundlich, als hätte ich ihn nicht um drei Uhr morgens aus dem Bett aufgeschreckt. Als ich um halb neun den Hauptplatz von Sées oder Auxerre überquerte, um nach Paris zurückzufahren, waren gerade zwei städtische Angestellte, deren Jacken mit fluoreszierenden Streifen versehen waren, damit beschäftigt, die Blumenbeetwahrheit zu beseitigen. Die gesprayten Inschriften würden wahrscheinlich etwas länger zu lesen sein; zudem genügten in dieser ländlichen Gegend vermutlich schon wenige Leser, um einem ganzen Ort Bescheid zu geben. Trotzdem erschien mir an jenem verregneten Morgen vor allem das Unzureichende und Lächerliche meines Tuns.

Wie hatte ich auf die Ungeheuerlichkeiten, die mir widerfahren waren, geantwortet? Mit einer lieben kleinen Bastelrache. Während ich daran gearbeitet, gemalt, geklebt und gehämmert hatte, war die heilsame Wirkung der Bastelei deutlich zu spüren gewesen. Nun aber, da ich übernächtigt im Regen in die Hauptstadt zurückfuhr, wurde mir die ganze Harmlosigkeit meiner Person und meiner Handlungen auf schmerzliche Weise bewußt: statt mit Flammenschwertern hatte ich mich mit einem feuchten Streichholz bewaffnet.

Wieder zu Hause angelangt, sann ich, um mich ein wenig aufzuheitern, nach einem Mittel, in Erfahrung zu bringen, wie sich, oder vielmehr ob sich der kleine Feldzug ausgewirkt hatte. Das lokale Käsblatt oder *feuille de chou* war zu käsig, um ins Internet zu gelangen, und das gedruckte Journal konnte man nur vor Ort bekommen. Ich schloß es aus, eigens wegen eines Zeitungskaufs noch einmal in die Halunkenprovinz zu fahren.

Nun gereichte es mir zum Vorteil, daß ich nicht nur Märchenprinzessin und Rächerin, sondern nebenbei auch noch Mensch war und ein paar halbwegs normale Menschen kannte, von denen einer Soziologe und am Centre National de Recherche Scientifique (CNRS) beschäftigt war. Dieser erklärte sich bereit, bei dem wöchentlich erscheinenden *Journal de Sées* oder der *Gazette d'Auxerre* anzurufen und im Rahmen eines wissenschaftlichen Forschungsprojekts über die Regionalpresse um die Zusendung der nächsten Ausgabe zu bitten. Für eine einzelne Ausgabe sei das leider nicht möglich, bekam er zur Antwort, die Mindestdauer für ein Abonnement betrage drei Monate. So kommt es, daß sich heute in einer Ecke eines Pariser Soziologenbüros ein Dutzend Ausgaben eines Käsblatts stapeln.

Und tatsächlich war gleich in der ersten nach jener Mai-Nacht erschienenen Ausgabe die schreckliche Tat zwischen »Auto im Graben«, »Ein Fahrzeug beendet seine Fahrt im Gartenzaun« und einer Werbung für den Supermarkt Champion behandelt. Die Wahrheiten, schrieb die Zeitung, seien von der zuständigen Behörde sofort nach ihrer Entdeckung entfernt worden. Man rätsele über die beruflichen oder privaten Motive, die den Autor zu der Wahrheitsverbreitung getrieben haben könnten. In einem Land, in dem es zahlreiche andere Mittel gebe, Zwistigkeiten des täglichen Lebens zu bereinigen (welche, hätte ich gerne wissen wollen), sei diese Vorgehensweise besonders töricht und beklagenswert. Falls es der Gendarmerie gelinge, den Verfasser zu entlarven, riskiere er eine hohe Strafe, denn das Opfer (das Opfer!) habe beschlossen, Anzeige zu erstatten.

In meiner Qualität als Rächerin war ich begeistert. In meiner Rolle als beste Freundin meiner selbst war ich erschrocken. Umsonst hatte ich versucht, mir dieses unsinnige Vorhaben auszureden. Nun blieb uns nur noch übrig, die Konsequenzen abzuwarten.

Um die Sache möglichst zu vertuschen, hatte der Halunke, obwohl er natürlich wußte, wer die Verfasserin der Wahrheiten war, Anzeige gegen Unbekannt erstattet, und damit hatte er recht gehabt, denn tatsächlich war ich ihm ebenso unbekannt geblieben wie er mir.

Aber konnte ich auch mit der Diskretion der Hoteliers rechnen? Sie hatten mit hoher Wahrscheinlichkeit den Zeitungsartikel gelesen und, wenn nicht, auf anderem Wege von der Sache erfahren; immerhin hatte eine der Wahrheiten ganz in der Nähe des Hotels gestanden. Sie würden unweigerlich den Zusammenhang herstellen zwischen der unbekannten Person, von der die Zeitung schrieb, und der Frau im Kapuzenpullover, die um drei Uhr morgens für eine Stunde das Hotel verlassen hatte.

Warum sie denn ausgerechnet ein Hotel mitten im Ort genommen habe, wollte ihre beste Freundin von der Rächerin wissen. Ob sie nicht im nächstbesten Städtchen, wo ein anderes Käsblatt gelesen wird, eine Unterkunft hätte finden können?

Sie war entsetzt zu erfahren, daß die Rächerin nicht nur unmittelbar vor Ort übernachtet, sondern im Hotel auch noch ihren richtigen Namen eingetragen und mit der Kreditkarte bezahlt hatte.

Aber warum denn, um Himmels Willen?

Weil sie sich nicht habe verstecken wollen.

Das sei aber dumm von ihr gewesen, sagte ihre beste Freundin, und außerdem stimme es gar nicht. Natürlich habe sie sich versteckt, um die Wahrheiten anzubringen.

Sie habe die Wahrheiten einzig deshalb bei Nacht und Nebel aufgestellt, weil man sie am hellichten Tag mit Sicherheit davon abgehalten hätte, sagte sie. Davon abgesehen, habe sie aber keinen Anlaß gesehen, sich zu verstecken, und sie sei bereit, jedem, der sie nach ihren Beweggründen fragen würde, bereitwillig Auskunft zu geben.

Dann bestehe ja kein Grund zur Beunruhigung, sagte die beste Freundin etwas ungehalten.

Aber tatsächlich tappten die Gendarmen im Dunkeln und schlugen nicht zu.

33

Kann es sein, daß das Leben keinen anderen Sinn hat, als erzählt zu werden und im Erzählt-Werden immer wieder neu zu entstehen? Daß also das Erzählt-Werden einer der vielen Wege der Fortpflanzung ist, die das Leben kennt?

Jedenfalls wüßte ich nicht, welchen Sinn die Geschichte, die mir widerfahren ist und die ich hier erzählt habe, sonst haben sollte. Sie führt zu keinerlei Erkenntnis, sie ist abscheulich, sie ist peinlich, doch sie kümmert sich nicht um ihre Abscheulichkeit und Peinlichkeit, sie kümmert sich nicht um Scham oder Nicht-Scham, sie kümmert sich noch nicht einmal um die Gendarmen, von denen manche gewiß in ihren freien Stunden Bücher lesen und auf diese Weise der Wahrheitsverbreiterin auf die Spur kommen könnten (alles bloß Literatur, wird sie sagen). Die Geschichte ist geschehen, um erzählt zu werden. Ich habe sie in dem verworfenen *Armer-Ritter*-Roman ein erstes Mal erzählt, und nun habe ich sie noch einmal erzählt, Menschen werden sie lesen und einander aus der Erinnerung nacherzählen, und in diesen Erzählungen werden manche Worte überleben, Schloß, Pfauen, Plastiktöpfchen, Schloßfrau, Kinderzimmer, Spraydose, andere, neue Worte werden hinzukommen, vielleicht Backfisch, Landadel, ahnungslos, Guillotine, recht-geschehen, die Geschichte wird sich mehren, und jedesmal wird sie anders aussehen. Aber noch ist sie nicht ganz zu Ende, noch bleibt mir etwas zu erzählen.

Am Tag, der auf den Küchenauftritt folgte, geschah mit mir und zugleich mit allen, denen ich begegnete, eine Verwandlung. Ich wankte durch die Straßen, als sei ich soeben aus einem verunglückten Gefährt ausgestiegen oder herausgekrochen, ohne ein Ziel, ohne einen Gedanken, beinahe ohne Bewußtsein, ich ging langsam, dem Sturm im Kopf überlassen, aber keineswegs in mich gekehrt, sondern nach allen Seiten offen. Die Menschen sahen mich. Ich, oder der stille Sturm, der ich war, sah sie. Wir waren lebendig und sprachen miteinander, unterhielten uns mit den Lippen oder mit den Augen, so manche und so mancher lächelte, lief auf mich zu. Keiner war mir gleichgültig an jenem Tag, keinem sagte ich: Lass mich in Ruhe.

Ich kam an meinem Fahrrad vorbei, das an ein Straßenschild gekettet war, und ich wollte aufsteigen und über eine der Brücken vielleicht auf das andere Ufer radeln, aber das Fahrradschloß öffnete sich nicht; über das Rückrad gebeugt mühte ich mich und hob, beide Hände am Fahrradschloß, die Augen, da stand ein junger Beur, ein Franko-Maghrebiner, nahm mir den Schlüssel ab und sagte, das ist der falsche, Sie müssen den anderen nehmen, doch in meiner Bewußtlosigkeit und Offenheit hatte ich den Schlüssel verbogen. Der junge Mann sagte, gehen Sie zu Freddy, der biegt Ihnen das wieder, und ich ging zu Freddy, dem Schuster und Schlüsselnachmacher in die Rue Saint-Denis, der Laden war voller Leute, die lebendig waren und lachten und mich mitlachen ließen, Freddy führte Zauberkunststücke vor, ich blieb eine Stunde, nach zwei Minuten war der Schlüssel wieder gerade, und ich mußte nicht bezahlen.

Hoch über dem Pflaster fuhr ich durch die Stadt, über Brücken und Trottoirs und Zebrastreifen, so manches lockere Gedränge durchschlängelnd, und den ganzen Tag über und auch in den folgenden Tagen blieben die Straßenmenschen und ich einander zugeneigt und füreinander offen. Es war, als wäre ich bis dahin blind und unsichtbar gewesen und als hätte der Schreck oder der Schmerz mich sehend und sichtbar zugleich gemacht. Sogar die Stadttiere beleckten und beschnupperten mich, die Spatzen nickten mir hektisch zu, die Hunde blickten mich an aus dunklen, vorwurfslosen Augen, ich sah die Schwalben mit ihren Flügelscheren den Himmel über mir zerschnipseln, und ich sah die Ponys aus dem Jardin du Luxembourg, die müde und mit stumpfem Fell die endlose Rue de Sèvres entlang nach Hause, das heißt zu einem Schuppen in irgendeinen öden Hinterhof, trotteten. Eines wandte den Kopf, als ich vorüberfuhr.

Alles war wichtig. Und während der Sturm unverändert in mir tobte, verspürte ich nacheinander oder vielmehr zugleich die verschiedensten Gelüste, ich wollte Ungarisch lernen und Persisch, wollte ein Buch lesen und danach lauter fremde Bücher, wollte Heidelbeeren suchen, einen Brief schreiben, den Harz durchwandern und die Pyrenäen. Ich wollte Spargel kochen und singen. Ich war begierig, Algebra und Ornithologie und Philologie zu studieren.

Es war, als hätte ich den Tod gesehen. Hatte mir das nicht der Große Totenansager, der Käfer mit dem lächerlichen lateinischen Namen Blaps mortisaga vorausgesagt?

Ich stellte das Fahrrad ab und blickte, den rauschenden Brunnen im Rücken, an der Fassade der Kirche Saint-Sulpice hoch, die flankiert war von zwei mächtigen Türmen, von denen jeder eine andere Form hatte, was aber im Moment nicht zu sehen war, denn der linke der Türme war eingerüstet und hinter einer weißen Plastikplane verborgen. Wie ein Riese, dessen eines Bein im Gips steckt, kam mir an diesem Tag die Kirche vor.

Ob ich etwas suchte, ich stünde da so, fragte ein

Mann, der ebenfalls ein Riese war, aber mit bescheideneren Dimensionen.

Ich schüttelte den Kopf und lachte, und als er sich entfernte, sah ich mit Verwunderung, daß er das linke Bein nachzog. Zwei Möwen flogen durch die goldblaue Luft, ein Kind versuchte, seine in Rollschuhen steckenden, immer wieder voneinander wegstrebenden Füße beisammen zu halten. Als ein Windstoß in die Wasserstrahlen oder vielmehr -vorhänge des Brunnens fuhr und sie zerstäubte, ging ein frischer Sprühregen über mich nieder.

Ich nahm die Rue des Quatre-Vents, im Gehen spürte ich den Luftzug, der über meine nackten Arme und Schultern strich, ich spürte die Geschmeidigkeit meiner Schritte, die Tierkraft in meinen Beinen, ich spürte meinen Bauch, meine Hände, spürte das Wippen jedes meiner Glieder. Der hinkende Riese hatte kluge Lippen und zwinkernde Mundwinkel gehabt. Ich nahm Anlauf und sprang, mit den Beinen kurz durch die Luft radelnd, in die Höhe.

Dann war es Juni, und die Tage dehnten sich und dehnten sich, als wollten sie die Nacht aus den vierundzwanzig Stunden, die sie mit ihr teilen sollten, verdrängen. Der Abend war ein langer Nachmittag, ich stieß, von der zu jeder Stunde geöffneten Hauptpost kommend, auf die sternförmige Place des Victoires und ging, nachdem ich den Platz und den endlos von Sieg zu Sieg reitenden Ludwig XIV. im

Uhrzeigersinn beinahe umrundet hatte, über die Rue d'Aboukir wieder in Richtung meiner Wohnung zurück. Wäre dieser Platz tatsächlich eine Uhr gewesen, so hätten meine Schritte fünf vor zwölf angezeigt.

Erste Auflage dieser Ausgabe 2023
Copyright © 2023 MSB Matthes & Seitz Berlin
Verlagsgesellschaft mbH
Großbeerenstr. 7, 10965 Berlin
info@matthes-seitz-berlin.de

Erstmals erschienen 2010 im S. Fischer Verlag.
Alle Rechte vorbehalten.

Umschlaggestaltung: Pauline Altmann, Palingen
Druck und Bindung: GGP Media GmbH, Pößneck
ISBN 978-3-7518-0924-5
www.matthes-seitz-berlin.de